Raymonde
avril 2011

Dans mes yeux à moi

Du même auteur

Passages obligés, Éditions Libre Expression, 2006

JOSÉLITO MICHAUD

Dans mes yeux à moi

RÉCIT

Une compagnie de Quebecor Media

Catalogage avant publication de Bibliothèque et Archives nationales du Québec et Bibliothèque et Archives Canada

Michaud, Josélito, 1965-

Dans mes yeux à moi
ISBN 978-2-7648-0422-3
1. Olivier, 1965- . 2. Enfants adoptés - Québec (Province) - Biographies.
I. Titre.

HV874.82.O44M52 2011 362.734092 C2010-942746-7

Édition : André Bastien
Conseil à l'édition : Marie Pigeon Labrecque
Révision linguistique : Carole Mills
Correction d'épreuves : Marie Pigeon Labrecque
Conception de la couverture : Stéphane Lamontagne
Réalisation de la couverture et grille graphique intérieure : Axel Pérez de León
Mise en pages : Louise Durocher
Photo de couverture et photo de l'auteur : Michel Cloutier

Remerciements
Nous reconnaissons l'aide financière du gouvernement du Canada par l'entremise du Fonds du livre du Canada pour nos activités d'édition.
Nous remercions le Conseil des Arts du Canada et la Société de développement des entreprises culturelles du Québec (SODEC) du soutien accordé à notre programme de publication.
Gouvernement du Québec – Programme de crédit d'impôt pour l'édition de livres – gestion SODEC.

Les Éditions Libre Expression
Groupe Librex inc.
Une compagnie de Quebecor Media
La Tourelle
1055, boul. René-Lévesque Est
Bureau 800
Montréal (Québec) H2L 4S5
Tél. : 514 849-5259
Téléc. : 514 849-1388
www.edlibreexpression.com

Dépôt légal – Bibliothèque et Archives nationales du Québec et Bibliothèque et Archives Canada, 2011

ISBN 978-2-7648-0422-3

Distribution au Canada
Messageries ADP
2315, rue de la Province
Longueuil (Québec) J4G 1G4
Tél. : 450 640-1234
Sans frais : 1 800 771-3022
www.messageries-adp.com

Diffusion hors Canada
Interforum
Immeuble Paryseine
3, allée de la Seine
F-94854 Ivry-sur-Seine Cedex
Tél. : 33 (0)1 49 59 10 10
www.interforum.fr

Avant-propos

Si en lisant ces pages quelqu'un d'entre vous se reconnaissait, sachez que ce n'était pas volontaire de ma part. Jamais, au grand jamais, mon intention n'aura été de faire de la peine ou du mal à qui que ce soit.

Seulement voilà, je voulais décrire toute l'impuissance, l'incompréhension et la peur que l'on peut parfois ressentir très profondément quand on est petit devant les grandes personnes.

Un jour, j'ai lu dans un ouvrage de John Bowlby, grand psychiatre et psychanalyste anglais, célèbre pour ses travaux sur l'attachement, la relation mère-enfant, que tout se jouait avant l'âge de cinq ans. C'est là que des comportements et des croyances de toutes sortes s'enracinent en nous. Plus tard, j'ai su que même après cet âge, nous pouvions encore nous développer sur le plan de l'intelligence émotionnelle.

Et dernièrement, j'ai enfin compris que la tâche nous revenait de faire le tri du grain pour que le meilleur soit semé en nous. L'histoire ne dit pas quand nous pourrons enfin en récolter les bienfaits; seule la vie nous le révélera.

Mémère Dubé, ta présence me manque ;
heureusement que la mémoire existe pour que
je puisse mieux vivre ton absence.

C'est à toi que je pensais quand j'ai enfin donné
la parole à Olivier.

À toutes les mères qui m'ont aimé.

Partir

10 novembre 1975, dans le village de Sainte-Hélène-de-Mancebourg en Abitibi, une journée pas tout à fait comme les autres allait s'inscrire dans le calendrier des événements marquants de ma vie. Depuis l'aube, une pluie fine se déversait tout doucement. L'odeur de la terre mouillée se répandait et se mélangeait à celle du café fraîchement fait. Ça sentait bon. Le jour venait à peine de se lever. Suivant mon habitude, j'avais encore occupé ma nuit du mieux que j'avais pu pour me rendre jusqu'au matin. La nuit, j'étais en proie à la peur; je n'y pouvais rien.

Ce matin-là, c'était la troisième fois en moins de cinq ans que je devais déménager mon petit monde. Ballotté d'une famille d'accueil à une autre, j'essayais tout le temps de m'enraciner quelque part et de trouver mes points de repère, sans manifester mon mécontentement, de crainte que l'on ne m'aime plus.

Du haut de mes sept ans et des poussières, j'étais devenu un chevalier errant qui se battait pour survivre aux chamboulements. Je me tenais le corps bien droit, afin de simuler une force que je n'avais pas encore. Déjà, j'avais un certain orgueil qui me défendait de me montrer vulnérable. Je voulais paraître fort. En solitaire, je devais faire mon chemin et vivre, en tâchant de ne pas trop me demander ce qui allait m'arriver. De toute façon, je n'étais pas en âge de répondre à ces questionnements.

J'allais partir une fois de plus à la conquête d'un nouveau chez-moi, la demeure des Rivard. J'étais plein d'inquiétudes, les mêmes qui m'habitaient depuis trop longtemps et qui me hantaient nuit et jour. Ma tête était remplie de pensées confuses. Mon cœur était tout barbouillé. J'avais l'estomac noué. Pourtant, j'avais l'habitude de ces départs prématurés.

Mes pieds avaient mal dans leurs chaussures éculées et percées. Ma douleur était lancinante, mais je ne savais pas comment m'en déprendre. Vêtu de mon seul complet trois pièces assorties, veste, pantalon et gilet, que l'usure du temps avait rétréci, je tentais d'avoir fière allure. Mes bras étaient devenus trop longs et mon corps était à l'étroit dans cet habit de tweed, légué par un plus grand qui l'avait usé jusqu'à la corde. Malgré cela, je voulais le porter avec une certaine dignité ; je me sentais déjà comme un petit homme. Trop serré, mon nœud de cravate m'étranglait. Depuis quelques mois, j'avais beaucoup grandi. Personne ne s'en était rendu compte, sauf moi. Je passais souvent inaperçu.

Quitter enfin les Surprenant, après deux années et demie à vivre à la dure, me redonnait l'espoir d'une vie meilleure. J'étais vraiment soulagé à l'idée de fuir définitivement ce lieu maudit, où la violence faisait partie du quotidien. Comme ma foi avait été quelque peu ébranlée par ce que j'avais vu, entendu et subi durant mon séjour chez eux, je n'osais pas encore croire à la délivrance qui s'annonçait. J'avais longtemps pensé que je ne parviendrais pas à me sortir sain et sauf de cette atmosphère invivable.

Les Surprenant s'étaient retirés volontairement, quelques années auparavant, à l'abri des regards indiscrets de voisins trop bavards. Perdu dans cette campagne lointaine, j'éprouvais un sentiment d'isolement total, ce qui augmentait l'intensité dramatique des scènes qui se déroulaient sous mes yeux.

Sous mes allures de conquérant se cachait une peur profondément ancrée qu'il m'était de plus en plus difficile de dissimuler ; elle est apparue tôt dans ma vie. C'est chez les Surprenant qu'elle a fait son nid en moi. J'étais en symbiose avec elle. La peur a tissé la toile de ma vie pour m'asservir. J'ai dû composer avec cet état de fait et peut-être devrai-je vivre ainsi à jamais.

Ce matin-là, je suis parti de chez les Surprenant avec une certaine détermination, mais le cœur battant ; en silence. Je me suis armé de courage afin de marcher d'une manière digne, en m'efforçant de ne pas courber l'échine sous le poids de mon jeune vécu. Un sentiment de fierté m'habitait. Chaque pas que je faisais vers la voiture m'extirpait de leur joug ; un joug imposé graduellement depuis mon arrivée. J'ai jeté un dernier regard furtif dans leur direction, sans même esquisser le moindre sourire ; ma mâchoire était bien trop serrée. Ils pouvaient me dévisager avec hostilité, je ne les craignais plus. Je ne les craindrais plus jamais. L'emprise qu'ils avaient eue sur moi s'était définitivement envolée.

Je me suis détourné afin de regarder droit devant, pour éviter de trop leur en vouloir. Il me restait suffisamment de colère pour faire la route. Des sentiments contradictoires m'ont tout de même effleuré l'esprit. J'aurais aimé pouvoir leur pardonner et partir l'âme en paix ; c'était peut-être trop me demander dans les circonstances d'alors. Le souvenir des années passées chez eux était si douloureux qu'il me pourchasserait longtemps encore.

Pendant le trajet qui menait à ma nouvelle demeure, j'avais la ferme intention d'essayer de m'en délester afin de voyager plus léger. Dans ma tête d'enfant, je ne savais trop comment faire pour y parvenir. À cette époque, je voyais l'enfance comme une prison dont j'allais enfin pouvoir m'échapper en devenant adulte. J'ai d'ailleurs appris à compter en biffant sur le calendrier les jours qu'il me restait à faire avant d'arriver à ma libération. Atteindre dix-huit ans était beaucoup plus qu'un but, c'était devenu une obsession. Dans mes yeux à moi, j'étais à plusieurs années du bonheur absolu. Cependant, il fallait tenir bon pour me rendre jusque-là. Avec un peu de chance, j'y parviendrais réellement un jour.

Dès mon plus jeune âge, malgré tous les obstacles rencontrés sur ma route jusque-là, je bénéficiais d'une propension à savourer les moindres petits plaisirs de la vie. Même dans les moments les plus difficiles, j'étais convaincu que tout passe. Il faut seulement cultiver sa patience, ce que j'avais appris à faire avec le temps, non sans efforts et quelques remises en question.

D'une seule main, je portais péniblement ma petite valise bleue en carton mou, prématurément vieillie et marquée par plusieurs égratignures, dans laquelle je conservais précieusement quelques reliques de mon passé pas si lointain : deux vêtements soigneusement rangés, un caleçon long, une paire de chaussettes de laine, un livre d'images délavées d'animaux de ferme et un chapelet aux gros grains que les religieuses m'avaient gentiment offert à mon départ de la crèche Saint-Jean-Baptiste de Québec, quatre ans plus tôt.

De l'autre main, je m'agrippais fermement à ma peluche Baby blue. J'avais l'essentiel de ma vie entre les mains.

Baby blue

J'ai tant mordillé cette minuscule peluche que son tissu s'effilochait et ses couleurs s'étaient défraîchies. Son état m'importait peu ; je l'aimais. Au fil du temps, elle avait été maintes fois rafistolée avec des moyens de fortune. Elle ne me quittait jamais ; elle était tout pour moi. C'est ma vraie mère qui me l'avait offerte en me déposant à la crèche, alors que je n'avais que quelques jours. Je n'allais certainement pas me départir de ce seul vestige de ma filiation maternelle.

Le temps suspendait son cours quand je fermais les yeux pour enfoncer mon nez dans la fourrure de Baby blue. Je le humais afin d'y retrouver, du moins voulais-je le croire, une parcelle du parfum de ma mère qui se raréfiait d'une fois à l'autre. Je repoussais le moment où je me séparerais de Baby blue. Quand j'avais le sentiment d'être rassasié, je me savais capable d'affronter tout ce que j'aurais à vivre dans l'attente de la prochaine occasion où je pourrais enfouir mon petit nez dans ma peluche. La perspective de cet instant rendait l'expérience singulière et réconfortante. C'est l'attente qui me permettait de vivre pleinement et intensément ce rituel.

Un jour, à mon grand désarroi, j'ai dû me rendre à l'évidence : depuis longtemps, il ne restait tout simplement plus rien de l'odeur de ma mère. Alors, j'ai espacé ces moments où je m'évertuais à saisir quelque chose de cette femme que je n'avais pas connue, mais que j'avais tant attendue.

Ce jour-là, quelques heures avant mon départ vers ma nouvelle famille d'accueil, les Rivard, j'ai fait une dernière tentative pour retrouver le parfum de ma mère, j'en ressentais profondément la nécessité. J'ai alors enfoui mon petit visage dans la grosse bedaine de Baby blue. J'ai pris une grande inspiration ; j'ai retenu mon souffle et j'y suis resté de longues minutes à attendre, plein d'espoir, que son odeur revienne. Mais ce fut peine perdue. Il ne restait plus aucune trace de ma mère dans sa fourrure. Baby blue aurait pourtant dû garder cette odeur pour toujours, croyais-je ; je lui en ai voulu. La détresse s'est soudainement emparée de mon cœur d'enfant. Il n'y avait plus rien à faire, les empreintes de son passage dans ma vie s'étaient effacées à jamais.

À cet instant précis, j'ai commencé à suffoquer et mes yeux se sont remplis de larmes. J'ignorais comment je survivrais à cette perte irrémédiable. Je me suis précipité vers ma chambrette ; j'ai fermé la porte à double tour, je me suis recroquevillé sur mon lit en serrant fermement Baby blue contre mon torse. J'ai éclaté en sanglots ; personne n'est venu me consoler. Ce n'était pas la première fois que je pleurais sans avoir le moindre réconfort des Surprenant. De toute façon, se montrer compatissants, sensibles à la peine d'autrui, ce n'était pas dans leurs coutumes.

Peu à peu, j'ai commencé à espérer que ma mère me revienne autrement. Pour la première fois, j'ai ressenti qu'elle seule pouvait combler le vide immense que j'éprouvais. Pour m'aider à surmonter cette épreuve, j'ai fouillé loin dans mon imagination pour esquisser les traits de son visage, que je voulais fins, délicats et gracieux, et je me suis accroché à ce fantasme. Je l'ai suppliée ardemment en silence de revenir dans ma vie. J'étais prêt à beaucoup pour que mon vœu se réalise. J'ai alors conclu un pacte avec Dieu : j'allais lui être obéissant pour toujours et suivre sa volonté si je retrouvais ma mère.

Après un long moment dans cet état d'abattement, j'ai dû me ressaisir pour ne pas sombrer dans un désespoir profond. J'ai repris Baby blue dans mes bras. Comme je m'apprêtais à partir définitivement de chez les Surprenant, j'ai disposé dans ma petite valise les quelques éléments que j'allais emporter. J'ai fait exactement ce qu'on attendait de moi. J'étais déjà raisonnable ; j'avais appris à l'être par souci de ne pas déplaire à ma famille, et surtout, pour ne pas m'attirer les foudres de M. Surprenant, dont les colères étaient totalement imprévisibles. Les préparatifs de mon départ m'ont permis de me sortir de ma torpeur.

Sur la route

Je quittai pour de bon la résidence des Surprenant aux aurores, pour un long périple avec Adrien Lafleur comme conducteur. Je me sentais libéré de leur emprise. Il avait pour mission de m'amener chez les Rivard, ma nouvelle famille d'accueil. Quatorze heures de route à faire et bien des péripéties en vue. J'avais constamment la crainte que mon chauffeur fasse demi-tour. J'ai mis une bonne heure avant de goûter ma nouvelle liberté.

Pour la première fois de sa vie, M. Lafleur sortait de son village natal pour se rendre au bout du monde, comme il le disait : en Gaspésie. Ce voyage était pour lui un défi. Il avait préparé tant bien que mal un itinéraire détaillé. À cause de certains imprévus, il a dû le réviser à quelques reprises en cours de route. Malgré cela, j'avais grandement confiance en lui. Il avait le cœur sur la main.

Vieux garçon invétéré, dans la trentaine à peine amorcée, M. Lafleur était le voisin des Surprenant. Depuis toujours il travaillait chez eux comme homme à tout faire. La servitude dans laquelle il était tenu ne lui permettait aucun commentaire sur ce qui se passait. Il savait tout de ses voisins. Pourtant, il préférait détourner le regard et se taire. La loi du silence prévalait dans ce lieu damné. Il fallait la respecter scrupuleusement, sans quoi on encourait de graves conséquences.

Il était un homme secret et silencieux, qui gardait tout pour lui, même l'insupportable. Inutile de tenter d'obtenir de lui quelque aveu, c'était peine perdue. Son sens du devoir primait sur tout. Savoir qu'il était au courant des innombrables colères de M. Surprenant me donnait de la force d'âme. Je n'étais plus seul à vivre avec le poids de ces secrets.

M. Lafleur souffrait d'un manque flagrant d'éducation; il avait peu confiance en lui. Homme de peu de mots, il lui arrivait pourtant d'en laisser tomber quelques-uns ici et là, mais plus souvent qu'autrement sous la forme d'onomatopées. Ce qu'il disait était à peine audible. Malgré son air bourru, il faisait preuve d'une grande humanité. Il m'avait pris en affection, ce qui me réjouissait. Sa présence suffisait à me rassurer.

Pendant le voyage, je contemplais avec étonnement le paysage qui défilait devant nous à travers le pare-brise. C'était tout simplement magnifique. J'avais l'impression de découvrir la beauté de la vie pour la première fois. Je revoyais des brefs moments heureux de ma jeune existence comme sur un grand écran de cinéma.

Mon cœur s'emplissait de joie au rythme des airs entraînants et endiablés des Beatles, qui servaient de trame sonore à notre voyage. Tandis que jouait à tue-tête *All you Need is Love* et que M. Lafleur tentait tant bien que mal de chanter en baragouinant quelques mots en anglais, soudainement, des images réconfortantes des Bilodeau, ma première famille d'accueil, me sont revenues, intactes. J'avais partagé leur quotidien pendant deux ans avant d'être obligé de me rendre chez les Surprenant à l'âge de cinq ans, pour une raison que j'ignore encore.

Doux souvenirs

Dans le village des Éboulements, dans Charlevoix, les Bilodeau possédaient une maison canadienne en pierres des champs grises qui datait de la fin du XVIIe siècle. Elle faisait pâlir de jalousie le voisinage. Une belle d'époque, comme disaient certains. Face à elle, il y avait la mer et ses humeurs changeantes. La vie m'offrait un horizon à perte de vue.

J'ai souvenir encore de ce varech que la mer rejetait sur le rivage, dégageant une forte odeur qui me plaisait tant. À marée basse, je me rendais sur la batture. Je partais à la recherche des plus jolis coquillages pour compléter ma collection.

Souvent, je m'asseyais sur l'amas de rochers pour jouer avec mes découvertes et j'y prenais de grandes bouffées d'air frais pendant des heures. Le vent du large apportait avec lui des odeurs variées. À quelques mètres de là, M. Roux faisait fumer de grandes lanières de saumon et leurs émanations se mêlaient aux effluves salins. J'écoutais la mer valser. Je me berçais d'illusions ; je me laissais aller à la rêverie.

J'ai souvenance de ces samedis où nous avions l'habitude de profiter de cette journée en flânant au lit tardivement puis, plus tard, en mangeant des plats savoureux préparés avec soin par Mme Bilodeau tout au long de l'après-midi. Ça rassasiait mon estomac fragile et paresseux. Mon bonheur était à son comble.

Boîte à caresses

Je me suis mis à emprisonner des instants de vie dans ma mémoire. Ces souvenirs, je les rangeais dans ma boîte à caresses, un endroit symbolique dans mon cœur, où je pouvais faire mes provisions de bonnes choses pour l'âme. Je les conservais précieusement. Quand survenaient des bouleversements, je n'avais qu'à en cueillir un pour m'apaiser un peu. J'étais loin de me douter que j'allais devoir augmenter la fréquence de mes cueillettes pour mieux traverser les malheurs qui surgiraient sur mon chemin.

Repartir à zéro

22 mai 1973, je venais tout juste d'avoir cinq ans. Ça faisait deux ans jour pour jour que je vivais avec les Bilodeau, qui n'avaient pas d'enfants. Il était huit heures du soir. Le printemps allait bientôt céder la place à l'été. La journée avait été anormalement chaude pour cette période de l'année, j'étais à la fraîche dans mon beau grand lit blanc. La noirceur était totale. J'étais à quelques moutons de mon sommeil quand j'aperçus du coin de l'œil Mme Bilodeau s'approcher doucement de moi. Avec un air découragé et abattu, elle venait m'apprendre que, le lendemain matin, je devais partir pour une autre famille d'accueil, les Surprenant.

D'aussi loin que je me souvienne, jamais il n'avait été question d'un départ éventuel de chez les Bilodeau. Je m'y voyais pour toujours. Je n'ai pas pu cacher bien longtemps ma déception et ma tristesse, elles étaient évidentes. J'étais bouleversé ; Mme Bilodeau aussi.

Mon séjour était terminé. Je devais m'incliner devant cette nouvelle réalité ; telle était la règle du jeu. On me « prêtait » à une famille d'accueil pour un court laps de temps. J'avais beau être propre, gentil, serviable et dévoué, la décision avait été prise par je ne sais trop qui depuis fort longtemps et ça n'avait rien à voir avec mes désirs ou ma volonté.

Les mots de Mme Bilodeau ont eu du mal à faire leur chemin en moi ; je refusais de les entendre tellement ils étaient lourds de conséquences. Quelques-uns ont tout de même réussi à se frayer une voie et m'ont touché en plein cœur. C'est à retardement que je me suis littéralement écroulé sous l'effet de l'annonce. L'idée de vivre sans ceux que je considérais depuis toujours comme mes parents, et avec qui j'étais si bien, était incompréhensible.

Du bout des doigts, Mme Bilodeau a caressé ma joue en ne m'abandonnant jamais du regard. Elle n'arrivait pas à cacher sa peine, ses yeux l'avaient déjà trahie. Avec la même bienveillance, elle m'a ouvert grands les bras. Je me suis pelotonné contre elle, puis je me suis enfoui sous son tablier, en quête de réconfort. J'ai posé la tête contre sa généreuse poitrine. J'ai supplié le temps de s'arrêter. J'y suis resté trop longtemps ; jusqu'à m'y perdre. J'y ai trouvé une réelle consolation et je crois que c'est ainsi qu'est née mon attirance pour les seins abondants, douillets et réconfortants.

Alors qu'elle s'apprêtait à me quitter, Mme Bilodeau a laissé échapper quelques mots apaisants. J'ai bu chacune de ses paroles pour étancher ma soif d'amour, avant de me séparer d'elle. Elle m'avait manifesté une fois de plus sa tendresse, mais ça ne me remplissait pas totalement. Je me sentais comme un puits sans fond. Elle m'a donné un doux baiser maternel sur le front. Elle a discrètement essuyé les larmes qui s'étaient accumulées sur son nez à l'aide d'un bout de papier mouchoir usagé qu'elle avait enfoui dans son décolleté profond, pour que son mari ne voie pas dans quel état la nouvelle l'avait plongée.

La lucidité m'est revenue. Alors, j'ai cessé sur-le-champ de pleurer. Je pouvais accepter le verdict. Dorénavant, je tâcherais d'être plus solide pour affronter la suite des événements.

Ce soir-là, je suis resté seul, encore tout chaviré par la nouvelle, à contempler le ciel de ma lucarne. Les étoiles étaient étincelantes et elles se comptaient par milliers. J'avais l'embarras du choix pour faire un vœu, mais je n'arrivais pas à me décider entre rester chez les Bilodeau, tomber sur une bonne famille d'accueil, retrouver ma mère ou que la nuit ne finisse jamais pour que je n'aie jamais à partir. J'ai toujours eu du mal à choisir par peur de me tromper et de devoir vivre avec les conséquences de ma décision.

Je refusais de dormir, mais le jour s'est finalement levé. Le temps s'était écoulé et je n'échapperais pas à mon départ. J'ai fait mon lit comme à l'accoutumée. J'ai regardé longuement ma chambre afin de pouvoir me rappeler les moindres détails. Le cœur gros, j'ai pris ma valise et Baby blue pour me rendre en bas dans la cuisine. Nous nous sommes attablés autour d'un copieux repas, comme si nous étions samedi. Nous l'avons partagé en évitant le plus possible de nous regarder. Ma fatigue était apparente et ma grande émotivité alourdissait l'ambiance.

M. Bilodeau était un homme au caractère fermé, peu enclin aux épanchements. Pour une rare fois, devant l'inéluctable séparation, une certaine émotion commença à le gagner. C'était encore à peine perceptible, mais suffisant pour que je sois étonné de le voir ainsi. Visiblement embarrassé par cette situation, il préférait le silence aux mots inutiles. Nous avons quand même eu une très brève conversation, entrecoupée de silences lourds, insoutenables. C'était la première fois qu'un tel trouble régnait entre nous. Il se taisait depuis la veille. Je ne savais trop quoi penser de son refus d'aborder le sujet de mon départ, je le subissais sans poser de questions. Ce matin-là, il avait laissé le soin à sa femme de gérer le drame que créait mon départ.

J'aimais tout de cet homme. Il était le père que je voulais pour la vie. Je le trouvais solide, fort et tenace.

L'accablement des Bilodeau, qu'ils s'efforçaient pourtant de camoufler, me bouleversait. Pour éviter leurs regards, je portais le mien à travers les carreaux de la fenêtre. La mer se déchaînait sous l'impact d'une pluie diluvienne qui parfois s'interrompait quelques minutes pour ensuite reprendre de plus belle. Le ciel chargé et menaçant semblait pleurer à chaudes larmes ; tout comme moi.

Le temps nous échappait. L'heure du départ était imminente. Mme Bilodeau profita des derniers instants passés ensemble à me vanter les mérites de ma nouvelle famille d'accueil, les Surprenant ; j'y croyais fermement. J'ai vraiment voulu y croire.

LE TEMPS DES ADIEUX

Mes nouveaux parents sont arrivés avec quelques heures de retard à la maison des Bilodeau, après avoir lutté une partie du voyage contre les intempéries. Une forte pluie tombait depuis l'aurore sur le sol à peine réveillé de l'hiver trop rigoureux. Les Surprenant avaient subi les caprices de la nature et se tenaient maintenant dans le vestibule, complètement trempés.

Malgré les belles manières de M. Surprenant, il affichait certains traits de sa véritable nature : c'était un homme irritable. Sur son visage dégoulinaient des gouttes d'eau, tout pour l'excéder. Il tentait de se contenir un peu, question de faire bonne impression, mais la fatigue du voyage n'aidait en rien à améliorer son humeur. Il a manifesté quelques signes d'impatience, allant même jusqu'à refuser d'enlever son chapeau et de s'asseoir ; il était pressé de retourner dans son Abitibi natale. Son attitude provoqua un malaise dans la demeure. Dans le regard des Bilodeau, je vis poindre de la méfiance. Mais il était trop tard, je devais suivre illico les Surprenant.

J'étais nerveux. Je ne savais pas comment réagir en leur présence. Je devais rester gentil et courtois ;

on m'avait appris à bien me conduire. Cependant, ma peine prenait toute la place dans mon cœur. J'étais incapable de faire semblant. On ne m'avait jamais enseigné ce jeu; personne ne le jouait chez les Bilodeau. C'était une famille rêvée pour moi. Je n'ai jamais compris pourquoi le couple n'avait pas pu envisager mon adoption. Pour moi, ça restera toujours une énigme.

Le regard de Mme Surprenant était rempli de compassion et de bonté, mais j'y détectais aussi de la tristesse et un brin de mélancolie. Il ne m'en fallait pas plus pour lui accorder ma confiance. J'avais envie de l'aimer fort, même si mon attachement à Mme Bilodeau était indéfectible.

Mme Surprenant tenait dans ses mains un jouet en bois, un petit garçon conduisant une charrette tirée par un cheval blanc. Son mari l'avait confectionné spécifiquement pour la circonstance. Elle me tendit l'objet aux couleurs vives, et je me sentis profondément touché par cette délicate attention. C'était un très bel objet sculpté dans les moindres détails dans un bois résistant; la peinture venait à peine d'être appliquée, mes doigts y collaient. Je me tournai vers son mari pour le remercier, mais une grande frayeur parcourut mon corps tout entier. Une sensation totalement nouvelle pour moi. Par malheur, ce sentiment allait se perpétuer. L'homme ne semblait pas s'en émouvoir; c'était de bien mauvais augure.

Il s'est approché de moi, résolu à briser ma réticence évidente de son regard pénétrant. Dans ses yeux à lui se cachait un esprit malin. Je ne saurais expliquer comment j'ai pu y lire une chose pareille, mais je l'ai ressenti intensément.

En le fixant, je lui ai dit: « J'ai peur de vous, monsieur. » Il m'a demandé pourquoi d'un air volontairement innocent. Conscient que je risquais de lui déplaire, je lui ai malgré tout répondu candidement, sur un ton plus assuré: « Reculez, monsieur, j'ai peur de vous. » Il était ahuri par ma réaction. À ce moment-là, je ne pouvais pas mesurer encore l'impact de mes mots. Je ne réalisais pas que c'était le commencement de mes ennuis. Il recula lentement, avec une certaine hésitation, mais en ne me quittant pas du regard. Il me lançait des coups d'œil furibonds.

Les Bilodeau ont assisté à cette scène d'intimidation avec consternation. Rien pour soulager la peine qu'ils avaient déjà. Quand M. Surprenant s'est aperçu que les autres l'avaient vu agir ainsi, il a fait semblant de rien; il a retrouvé son sourire perdu. Il a demandé à partir sur-le-champ malgré l'orage qui menaçait d'éclater de nouveau.

Sur mes traits se lisait la panique. Au loin, j'entendais le bruit de la tempête se lever. Le ciel commençait à grogner son mécontentement. Les feuilles se décrochaient par centaines des arbres, à force de se faire remuer dans tous les sens par l'intensité du vent. La pluie s'était remise à tomber à verse. Malgré cela, il était hors de question de reporter le départ.

L'heure des adieux avait sonné. L'atmosphère était troublante. Les Surprenant montraient des signes d'impatience pendant que les Bilodeau et moi nous enlacions tendrement, aussi longtemps que possible. Mais il fallut bien cesser nos étreintes et nous séparer pour de bon. Nous avons échangé des regards pleins de reconnaissance mutuelle. C'était la fin.

Au moment de partir avec les Surprenant, j'ai jeté un dernier coup d'œil à la demeure des Bilodeau, qui me paraissait magnifique et qui n'était désormais plus la mienne. J'ai ravalé mes larmes. Je me suis tenu convenablement, comme on me l'avait appris; je les ai suivis à contrecœur. Ce départ était un véritable arrachement.

Par la suite, je me suis mis à avoir de l'aversion pour les départs, quels qu'ils soient.

Le chemin de croix

Assis inconfortablement sur l'immense banquette arrière de la luxueuse voiture de l'année de M. Surprenant, quelques effets personnels et Baby blue à mes côtés, je remarquai les regards inquisiteurs qu'il me jetait à tout bout de champ dans le rétroviseur. Pour éviter qu'il me fasse des remontrances sur la façon de me tenir, je demeurais sage.

Le trajet d'une dizaine d'heures me parut une éternité. Il conduisait d'une manière saccadée et nerveuse, rien pour me rassurer. Pendant la durée du voyage, la pluie ne cessait de marteler la carrosserie de la belle Chrysler d'un bleu métallique, qu'il avait soigneusement astiquée avant de venir me chercher. Le vacarme alourdissait encore plus l'atmosphère ; j'avais du mal à entendre la radio. Nous dûmes nous arrêter fréquemment, le temps de laisser passer l'orage.

Mme Surprenant, avec son air soumis, n'a pas prononcé un seul mot du voyage, moi non plus. Elle attendait religieusement les directives de son mari. Le ton était donné. Lui seul avait les commandes. Je compris dès lors qu'il en serait toujours ainsi. J'étais affolé à l'idée de devoir vivre avec eux.

Durant le périple, je n'arrêtais pas de penser aux Bilodeau. Mon cœur se serrait sous l'effet de l'angoisse. C'étaient des émotions que je n'avais jamais ressenties avant. Pour trouver une certaine consolation et apaiser mes peurs, je fermai les yeux et pris une profonde inspiration que je retins quelques secondes pour ensuite la laisser échapper. À force de répéter ce petit rituel rigoureusement, je finis par tranquilliser mon imagination vagabonde.

Le souvenir de Mme Bilodeau priant sur les marches de la galerie, quémandant au ciel qu'un miracle se produise, m'est revenu. Je l'avais vue fort pieuse. Rien n'aurait pu altérer sa foi, croyais-je. Ses convictions religieuses lui avaient été bien inculquées par ses parents. Pour ma part, j'avais commencé à m'intéresser à la chose religieuse en l'observant secrètement réciter un *Notre père* en boucle, jusqu'à ce que ses angoisses soient endormies. Très souvent, j'avais été témoin des bienfaits que semblait lui procurer sa pratique. Maintenant, je devais faire de même si je voulais m'en sortir.

Je m'éloignai alors du champ de vision de M. Surprenant. Pensant très fort à elle, je me réfugiai dans la prière pour une bonne partie du voyage ; ce fut mon initiation aux grâces divines, et c'est ainsi que je pus tenir le coup jusqu'à l'arrivée. Je n'avais rien mangé en route malgré leur insistance ; j'en étais incapable. Ils réussirent tout de même à me faire ingurgiter un « crème soda » imbuvable tant il était chaud.

Lorsque nous arrivâmes enfin à leur demeure, M. Surprenant changea soudain d'attitude pour essayer de m'amadouer, mais en vain. C'était trop peu, trop tard. Il avait pu percevoir dans mes yeux que je ne céderais pas à ses tentatives de charme, ce qui sembla le contrarier et le rendre quelque peu songeur. Dans son regard, je pouvais lire l'avenir qui m'attendait ; j'en étais extrêmement apeuré. J'avais vu son jeu et il le savait.

J'étais convaincu que j'allais payer le prix de ma perspicacité ; je le pressentais déjà. C'est à partir de ce moment-là que j'ai commencé à me fier à mon intuition ; elle ne m'a jamais fait faux bond depuis.

Malgré mes innombrables prières, j'étais encore anxieux, mais pas autant qu'au matin. Cependant, ma séparation définitive des Bilodeau m'avait rendu vulnérable. Faire ma vie sans eux me paraissait inimaginable. J'allais devoir m'y accoutumer.

Depuis mon départ, je n'étais pas tout à fait dans mon état normal ; trop d'émotions pour mon petit cœur. J'appréhendais ce qui allait suivre. Au lieu de crier mon désespoir à ceux que je tenais responsables de mon malheur, je crus préférable de me taire. Le soir de mon arrivée, la famille Surprenant fit plusieurs essais pour m'apprivoiser, mais je ne prononçai pas un mot de la soirée. Je me contentai de répondre autrement, mon langage corporel exprimant mon trouble intérieur.

Ils étaient tous là devant moi à m'observer ; ils cherchaient par tous les moyens à comprendre qui j'étais. Jamais je ne leur ai laissé ce rare privilège. J'étais recroquevillé dans un coin du salon, comme un animal traqué devant une meute de loups.

L'EMPEREUR

Trois enfants étaient nés du couple Surprenant. Deux garçons, Robert, quatorze ans, et Michel, seize ans, qui depuis leur jeune âge avaient connu une vie de labeur. Ils avaient quitté l'école depuis fort longtemps et étaient réduits à une certaine forme d'esclavage. On ne les avait jamais consultés pour connaître leurs véritables envies, et ils avaient appris qu'il valait mieux les ignorer. Le processus du conditionnement était bien enclenché; l'habitude avait fait son œuvre.

Quant à l'autre enfant, Charlotte, à l'aube de ses dix ans, elle veillait aux tâches domestiques avec une dévotion démesurée, que sa mère lui avait enseignée avec rigueur. Elle avait appris à s'exécuter avec un air de soumission, semblable à celui de sa mère. La docilité aveugle de sa famille ne faisait que confirmer M. Surprenant dans son rôle d'empereur régnant sur ses sujets.

Contrairement aux enfants biologiques des Surprenant, j'étais d'un entêtement incroyable. Je refusais de me rallier, je voulais plutôt m'écarter du troupeau pour n'en faire qu'à ma tête. Déjà à cet âge, ma personnalité s'était forgée. Je ne voulais pas que les choses me soient imposées, je voulais les faire à ma manière. Cependant, le regard noir de M. Surprenant en disait long sur les limites de ma désobéissance. J'ai compris que je n'aurais pas d'autre choix que de me soumettre aux règles de la maison sans montrer le moindre signe de résistance. Sa colère pouvait exploser à tout moment pour un rien. Je me sentais comme sur un terrain miné. Je devais avancer avec prudence et astuce.

Quand l'affaire se corsait davantage avec lui, je me consolais en me rappelant que son sang ne coulait pas dans mes veines. Je n'avais aucune chance de lui ressembler, contrairement à ses trois autres enfants. Cette pensée m'apportait un grand soulagement. Nous étions si différents les uns des autres.

J'ai su très vite que je ne devais compter que sur moi-même. Ils étaient là, j'étais ici.

Rien de rien

De plus en plus souvent, M. Surprenant se plaisait à m'accabler d'injures atroces, avec son arrogance habituelle, pour miner ma confiance. Je m'étais mis à douter de tout, même de ma masculinité. « Tu ne vaux rien, tu ne feras rien de ta vie, tu ne fais que des affaires de filles », me criait-il avec véhémence. Ses allégations mensongères ont commencé à faire leur chemin en moi et à m'embrouiller complètement.

Il est vrai que je n'avais aucune aptitude à abattre les dures besognes, comme le faisaient d'une manière exemplaire ses deux garçons. Ma nette préférence pour les menus travaux, ceux réservés habituellement aux filles, l'énervait. Cela accentuait la piètre opinion qu'il avait de moi. À ses yeux, je ne valais rien parce que je n'étais pas un vrai homme. Avait-il oublié que je n'étais qu'un enfant ?

Je voulais me tenir loin de lui, parce que l'angoisse de plus en plus grande qu'il générait en moi devenait intolérable. C'est la raison pour laquelle je tentais de me rapprocher du monde féminin, croyant y trouver un certain réconfort, mais je me butais à la même froideur. Mme Surprenant se contentait d'assister aux grandes envolées colériques de son mari sans prononcer le moindre mot. Elle n'osait pas le défier en prenant ma défense. Son obéissance était irréprochable.

Peu à peu, je me suis mis à élaborer des plans pour m'enfuir de ce lieu maudit. J'étais littéralement obsédé par cette idée.

LE RÈGNE

Le jour venait de s'évanouir. Ça faisait des mois que je craignais le pire. Le dernier coup de vingt et une heures venait à peine de sonner. Il ne restait que quelques heures avant mon premier Noël avec les Surprenant. À cause de ma jeunesse, j'osais encore croire que rien de mal ne m'arriverait en un tel jour et que je pourrais le vivre heureux.

La neige tombait abondamment depuis le matin. J'entendais siffler le vent glacial et des bourrasques enneigées se faufilaient dans les moindres interstices de la maison. Personne ne s'aventurait à l'extérieur, par crainte de se perdre dans la poudrerie, la neige leur cinglant la figure. Il faisait si froid que ça me transperçait. L'humidité s'était logée dans mes os. La maison des Surprenant avait du mal à retenir la chaleur.

Je me trouvais dans la même pièce que M. Surprenant. Je grelottais de peur à l'idée d'être seul avec lui. Jusqu'à ce jour, j'avais réussi à éviter ce tête-à-tête. Mais ce soir-là, je ne pouvais y échapper; il le savait et j'eus le sentiment qu'il s'en réjouissait. Il avait attendu patiemment ce moment.

Il me foudroya du regard, me fixant sans relâche durant d'interminables secondes pour bien imposer sa suprématie et me faire sentir mon impuissance. J'essayai tant bien que mal de soutenir son regard malveillant. J'y parvins à force de bravoure ou d'inconscience, je ne sais trop.

Il s'approcha de moi ; je me sentis blêmir. Il me susurra alors à l'oreille ce que je craignais d'entendre depuis notre première rencontre : « Tu avais raison d'avoir peur de moi. » Puis, il éclata de rire. Il était fier comme un paon. Le règne de la terreur allait commencer.

Pendant ce temps, dans la pièce voisine, Mme Surprenant apportait une attention presque obsessionnelle à astiquer la vaisselle de porcelaine, léguée par sa grand-mère. Aujourd'hui, je suis convaincu qu'elle avait capté quelques bribes de ces propos menaçants. C'est délibérément qu'elle faisait la sourde oreille. Je crois que, au nom de ses principes et des devoirs qui s'y rattachent, elle s'était résignée à vivre sans bonheur, sous l'emprise de cet homme, pour le pire, en espérant le meilleur.

C'est à la noirceur venue que celui-ci commettait ses agressions, ai-je appris ce soir-là. Il m'a installé aux premières loges. Il voulait que je puisse mieux apprécier le spectacle d'horreur qu'il semblait avoir préparé depuis des jours, du moins était-ce mon impression. Dans mes yeux, il a dû percevoir mon affolement. Ça lui faisait plaisir de me voir ainsi. Il se dirigea vers sa femme, puis se mit à l'insulter avant de l'attaquer, la frappant avec acharnement. Elle s'écroula sous l'impact des premiers coups. Alors, il se tourna vers moi d'un air conquérant et m'ordonna de m'occuper d'elle. Il quitta ensuite les lieux, fracassant tout sur son passage.

Terrassé de stupeur, je sentis mon cœur se serrer comme pour empêcher ce sentiment de s'emparer de tout mon être. Je lâchai un cri si puissant – sorti des profondeurs de mon petit corps avec une force et une charge émotive incroyables – que j'eus la certitude qu'il venait d'ailleurs. Je tentai d'étancher mes larmes qui coulaient à flots sur mes joues. J'étais submergé par cette tristesse immense, retenue depuis trop longtemps et qui s'était viscéralement ancrée en moi.

Mme Surprenant arrivait difficilement à respirer ; elle avait repris conscience depuis quelques secondes seulement. Sa peau de satin était couverte d'ecchymoses. Elle me regarda d'un air désolé : elle était condamnée à ne rien faire qui puisse aggraver la situation. Cette femme avait l'âme chevillée au corps.

Se relevant avec peine, elle reprit ses travaux domestiques là où elle les avait laissés. Son mari était retourné dans son garage, pour travailler à son établi ; il sculptait un canard dans le bois. Il en faisait le commerce depuis toujours.

Dès qu'elle eut retrouvé quelques forces, elle prit aussitôt la défense de son mari. L'alcool était son carburant, me dit-elle ; il ne pouvait pas avancer dans la vie sans en avoir une bonne réserve dissimulée ici et là. Il l'aidait à affronter tous ses démons ; l'alcool était, disait-elle, le remède à ses grandes névroses.

Elle ne voulait en aucun cas contredire son mari, ce qui aurait nourri davantage la hargne qu'il semblait lui porter. De cette manière, elle croyait maîtriser la bête en lui.

Elle m'a supplié de ne rien dire. J'avais du mal à comprendre ce qui avait conduit M. Surprenant à agir ainsi. Son comportement me laissait complètement sans voix.

Encore sous le choc, j'aperçus au loin à l'extérieur la neige que le vent soulevait et ballottait avec une facilité déconcertante. Je me disais que la neige au moins avait de la chance… le combat était moins inégal.

Je n'ai jamais vraiment compris ce qui avait empêché Mme Surprenant de se défendre contre son mari. J'ai longtemps cru que si elle lui avait fait face, si elle l'avait affronté dès la première fois, jamais la situation ne se serait envenimée. J'ai pris ça pour un signe de faiblesse; je lui en ai voulu secrètement.

Le souvenir de M. Surprenant injuriant sa femme de sa voix tonitruante, en lui adressant les pires insultes que l'on puisse imaginer, et de l'avalanche de coups qui avait suivi m'avait littéralement paralysé.

Ce soir-là, il n'y a pas eu de Noël chez les Surprenant. Il n'y en a plus jamais eu. L'image que je m'en faisais a volé en éclats. M. Surprenant avait volontairement détruit tous les espoirs que j'avais fondés sur cette grande fête. Toute la maisonnée était affligée d'une peine immense. De plus, à cause des mauvaises conditions climatiques, nous étions totalement isolés du reste du monde.

Quelques jours plus tard, M. Surprenant a de nouveau laissé exploser sa colère pour un rien. Elles allaient devenir de plus en plus fréquentes et terribles, et à la force de ses cris il ajoutait la puissance de ses poings. Sa folie pouvait le faire basculer à tout moment sans même qu'il sente venir la crise.

J'éprouvais un grand affolement à entendre ses vociférations qui s'intensifiaient d'une fois à l'autre. Je m'efforçais de ne rien laisser paraître de mon effroi ; ça aurait pu le réjouir et l'encourager à poursuivre. Mais parfois, c'était plus fort que moi, je succombais. Mon corps tremblait, j'étais incapable de contrôler ces manifestations.

Souvent, je me réfugiais dans l'armoire à balais sous l'escalier pour me soustraire au contrecoup de ses colères. J'attendais nerveusement qu'elles s'atténuent en espérant qu'il ne trouve jamais ma cachette.

À la brunante, il prenait un malin plaisir à créer une tension. Quatorze heures de grande noirceur. C'est alors que j'ai commencé à avoir une peur effroyable du noir. Nous étions tous sur la corde raide à essayer d'échapper à sa fureur. Il nous déstabilisait pour voir jusqu'où nous pouvions tenir sans flancher. Il aimait susciter la frayeur ; il délimitait ainsi son territoire pour nous faire comprendre qu'il était le seul maître à bord. Par sa faute, tout m'effarouchait ; surtout la nuit.

Souvent, j'ai été obligé d'user de stratagèmes pour arriver à mes fins sans trop d'égratignures. Je voulais me rendre jusqu'au matin sain et sauf. J'avais noté certaines particularités du sommeil en observant les autres qui avaient la chance de dormir. Ainsi, je me mis à respirer d'une certaine manière pour lui laisser croire que je dormais profondément. Pourtant, je ne dormais que d'un œil, au cas où sa folie se manifesterait encore; ce qui pouvait arriver brusquement, sans raison. Je voulais être en mesure de réagir, de prendre mes jambes à mon cou. J'étais devenu méfiant, l'instinct de survie et le manque de sommeil aidant. J'ai encore cette manie de feindre parfois le sommeil parfait dans certaines circonstances de grande tension.

Exaucé

C'est à l'aube venue que je découvrais la simple joie d'être vivant malgré l'intensité d'une foudroyante colère de M. Surprenant. J'avais été exaucé, mais pour combien de temps encore ?

À TABLE

Quand venait le temps des repas, il fallait attendre M. Surprenant. Gare à celui qui contrevenait à ce règlement. Autour de la table où se retrouvait la famille, rien ne se disait pour éviter le chaos. Tout ce que nous aurions osé avancer aurait été retenu contre nous. Aucune chance de débattre et de gagner notre point. Lui seul mettrait le point final. Il était tellement imprévisible ; il pouvait tout faire éclater au moindre mot.

M. Surprenant était autoritaire, impatient et tyrannique. Quand il se sentait contrarié, ce qui pouvait survenir assez tôt dans le repas, il pouvait attraper la table de toutes ses forces et la renverser sur nous, en s'assurant de ne jamais nous quitter du regard. Il nous écrasait de son mépris et il prenait plaisir à nous terroriser. Par cet acte de violence, il nous démontrait une fois de plus sa suprématie.

Dans ses yeux, nous pouvions lire son désir de domination ; dans les nôtres, une incompréhension totale. La première fois que j'ai été témoin d'une manifestation aussi violente de sa part lors d'un repas, j'en suis resté stupéfait. Tandis que nous retenions notre souffle et nos pleurs, nous tentions aussi de cacher notre désarroi devant ce comportement inexplicable.

Pendant ce temps, sa femme devait ramasser tous les dégâts sans que nous puissions l'aider de quelque façon que ce soit. Elle s'exécutait de bonne grâce. Je la regardais faire en sentant monter une certaine indignation en moi ; son attitude m'inspirait la pitié. À mes yeux, sa façon de réagir était un mystère ; je n'arrivais pas à la comprendre. De son côté, elle évitait de regarder son mari pour ne pas le mécontenter davantage.

Pour finir, il quittait les lieux, enragé.

Nous restions désemparés, emplis de doutes et de questions : qu'est-ce qui avait pu le rendre aussi violent et qui le poussait à agir ainsi ? Je me suis posé la question des centaines de fois. En fin de compte, je suis arrivé à la conclusion que c'était son jeu de nous laisser confus, de manière à faire naître le doute et à semer la panique en nous. Mission accomplie. La tension existait perpétuellement, en toutes circonstances.

Quant aux deux garçons, ils avaient leur petite explication : ils ont en effet vite insinué que j'étais la cause des manifestations colériques de leur père, qu'elles étaient la conséquence directe de ma venue dans leur famille. Pour eux, j'étais le choix de leur mère et leur père exprimait son mécontentement en piquant des crises de la sorte. C'était leur lecture de la situation ; j'étais impuissant devant une telle analyse. Le bâtard que j'étais devait porter l'odieux de la chose. Je devais subir les foudres du roi maudit et en accepter la pleine responsabilité. Je m'isolais de plus en plus.

Je vivais comme si le moindre bon moment devait avoir une fin, ce qui me rendait vulnérable. Je ne croyais plus à la pérennité des choses et des rapports. Malgré ma candeur, j'étais assez lucide pour saisir la gravité de ma situation.

Je craignais de m'asseoir à table pour manger. L'heure des repas m'était devenue difficile à supporter. J'éprouve toujours cette indisposition, presque aussi profonde, bien que j'essaie de m'en guérir. La table familiale n'a absolument rien de festif pour moi, même si je veux me convaincre du contraire.

ELLE

Mme Surprenant ne cessait de répéter: « Un jour, nous verrons la fin. » Mais de quelle fin parlait-elle ? Quand j'osai lui poser la question, un après-midi où nous étions seuls, elle se contenta d'une réponse ambiguë et elle me flanqua une taloche si brutale que j'en restai pantois. De longues minutes s'écoulèrent avant que je me remette de son geste. Ce qui venait de se passer était complètement inhabituel. Jamais elle n'avait usé de force avec moi ni avec personne d'autre. Je ne la reconnaissais plus. Je ne l'avais jamais vue irascible, mais plutôt patiente, soumise et dévouée. Pourtant, cette fois-là, son regard me dit que j'avais outrepassé pour une raison que j'ignorais les limites de sa patience.

Cette réaction soudaine me parut inadmissible et injustifiée. Elle aurait plutôt dû se défendre des agressions répétées de son mari au lieu de réagir de la sorte à une simple question. Ce qui rendait ma confusion plus grande, c'est qu'elle ne s'était jamais portée à notre défense quand il y avait eu une escalade de la violence. Le détachement presque total de Mme Surprenant devant mes inquiétudes, mes angoisses et celles de ses propres enfants était déconcertant et tellement accablant à vivre au quotidien. Elle préférait abdiquer, par fatalisme. « C'est la vie », disait-elle à l'occasion.

Elle s'est de nouveau affairée à préparer son dîner. Je suis resté planté là, encore en état de choc. Elle s'est plongée dans sa recette comme si rien d'anormal ne s'était déroulé. D'ailleurs, elle était passée maître dans l'art de faire semblant. Elle s'était endurcie avec le temps. Même son aspect physique en témoignait, car elle était toujours sobrement vêtue ; aucune sensualité apparente qui aurait pu susciter la jalousie de son mari et déclencher l'ouragan.

Elle s'est mise à fredonner un air connu de Bécaud, comme si le bonheur l'avait soudainement envahie. Elle est revenue à son monde imaginé de toutes pièces, sans doute pour éviter de s'engloutir dans l'abîme de sentiments plus obscurs et ne plus jamais refaire surface. J'en suis resté interloqué. J'étais à la fois totalement fasciné par cette capacité qu'elle avait de passer à autre chose et choqué par son insensibilité, frappé de stupeur devant son silence absolu.

Dorénavant, je sus que je devrais lui obéir à elle aussi. Il faudrait me montrer distant et ne plus tenter de me rapprocher d'elle. J'ai tout le temps tout fait pour lui plaire. Je voulais l'aimer, et je voulais qu'elle m'aime comme à mon arrivée dans leur vie. Je savais qu'au fond de son cœur il devait subsister une forme d'affection pour l'enfant que j'étais.

Du jour au lendemain, elle avait cessé de me le montrer pour éviter le déchaînement de la violence de son mari. Elle m'a expliqué beaucoup plus tard à demi-mot qu'il était forcément jaloux de l'affection qu'elle me portait ; il lui avait violemment fait sentir son mécontentement. Les circonstances navrantes montraient dorénavant la marche à suivre. Jusqu'à la fin de mon séjour chez eux, elle ne m'a plus jamais manifesté le moindre signe de tendresse. C'était fini. Nous étions peinés tous les deux de la tournure des événements. Mme Surprenant ne pouvait pas faire autrement. Je l'ai tout de même aimée.

La boîte à images

Après l'épisode du réveillon de Noël, au plus profond de mon être, j'espérais intensément qu'un tel événement ne se reproduirait plus. C'était mal connaître M. Surprenant. Cet incident marqua le commencement d'une longue séquence de gestes violents. Mon angoisse que tout cela se termine mal était omniprésente. Mais je ne pouvais rien faire pour empêcher cet homme d'agir ainsi.

D'une fois à l'autre, ses colères s'intensifiaient pour atteindre des sommets qui me donnaient des frissons dans le dos. Je faisais de mon mieux pour éviter de me retrouver en sa présence.

Il n'était plus tout à fait lui-même. On aurait dit qu'il perdait des grands bouts de la réalité.

Il était rustre et malveillant, et son agressivité s'amplifiait quand il venait de consommer de l'alcool en grande quantité, ce qu'il faisait encore plus assidûment depuis quelques mois. Il devait cuver pour redevenir un semblant d'être humain. Cet état à peu près normal ne durait jamais vraiment longtemps, par contre. Il était incapable d'affronter la vie sans boisson.

Mon appréhension qu'il brise encore tout était devenue obsédante, presque insoutenable. Pour fuir cette vie, j'ai alors commencé à m'intéresser aux personnages qui évoluaient dans le téléviseur parce que ceux qui gravitaient autour de moi cherchaient plutôt à m'intimider, en menaçant de me faire du mal.

La télévision exerçait sur moi une étrange fascination. Fréquemment, quand j'étais enfin seul dans le salon, je faisais le tour de la boîte à images pour essayer d'y trouver l'entrée. Je voulais vivre avec les héros de mon enfance, Bobino, Bobinette, Sol et Gobelet, Major Plum Pouding, Picotine. Les gens de la télévision étaient les seuls êtres qui trouvaient grâce à mes yeux d'enfant. J'étais si captivé par eux que je ne pouvais plus m'en passer. C'était ma façon à moi de me soustraire à la réalité dans laquelle j'étais plongé. J'avais le ferme espoir que je réussirais à faire mon temps chez les Surprenant grâce à la présence de ces personnages.

Un jour, quand j'ai vu apparaître à l'écran cette poupée au nom amusant de Fanfreluche, j'ai tout de suite voulu faire partie de son grand livre d'histoires. Je souhaitais réinventer ma vie, la réécrire ; c'était mon plus grand souhait. Elle m'a raconté des *contes à sa manière*, ce qui m'a sauvé d'une certaine détresse. La regarder était devenu pour moi ma seule issue de secours. Si je voulais me sortir sain et sauf de mon enfer, il valait mieux trouver des points de fuite.

J'ai commencé à me demander à quoi ressemblait la vie des autres. Alors, j'ai développé une soif immense de connaître ce qui se passait ailleurs que chez les Surprenant pour savoir si j'étais le seul à vivre de cette façon.

La télévision m'offrait une échappée sur un monde différent du mien. J'étais suspendu aux lèvres des gens qui s'y racontaient. Je voulais comprendre les êtres humains comme le faisait avec compassion et respect Janette Bertrand. Je rêvais de la rencontrer. À elle, j'aurais pu tout dire. Elle m'aurait compris et accepté tel que j'étais. J'aurais voulu qu'elle devienne ma mère.

La pauvre

Un jour, je me suis trouvé là où je ne devais pas être et j'ai entendu et vu des choses que je n'aurais pas dû voir. Ça arrivait, à l'occasion. J'étais accroupi dans mon refuge sous l'escalier, une pièce exiguë où je m'étais caché une fois de plus afin de m'éloigner des autres, quand tout à coup je perçus, venant de la chambre des parents, un gémissement de M. Surprenant.

Depuis peu, dès que l'envie lui prenait, M. Surprenant entraînait sa femme dans leur chambre à coucher. Celle-ci n'avait d'autre choix que d'obéir et s'exécuter sans protester. Cela se produisait de plus en plus fréquemment, mais c'était la première fois que je devais assister à la scène en entier sans pouvoir m'échapper.

J'ai été pris de surprise et de panique à la fois. J'étais prisonnier de ma position délicate dans ce petit placard donnant sur le salon et faisant face à la chambre. Mme Surprenant ne cessait de lui répéter qu'il lui faisait mal et qu'il devait arrêter. Manifestement, ça ne servait à rien. Son mari ignorait ses plaintes et continuait de pousser ses grognements. De toute façon, il ne se souciait guère des autres, encore moins de sa femme. Il n'en a toujours fait qu'à sa tête ; comme bon lui semblait.

Je ne pouvais pas venir en aide à Mme Surprenant. La violence avec laquelle son mari pouvait dégainer, en mots et en gestes, m'obligeait à rester bien tranquille dans mon coin et à attendre que ça passe. J'appréhendais toujours la catastrophe pour Mme Surprenant. Jamais, au grand jamais, je n'aurais voulu qu'il lui arrive quelque chose. J'avais beaucoup de tendresse pour elle, malgré sa passivité navrante. Je me disais qu'il devait y avoir une raison pour qu'elle accepte cette vie de misère.

Après quelques minutes, j'en ai finalement déduit qu'il lui faisait l'amour de force. Je ne sais pas trop combien de temps le supplice de sa pauvre femme a duré, mais ce fut suffisamment long pour me plonger dans un état d'embarras et de honte assez dévastateur pour un enfant.

Cette situation extrêmement gênante me dégoûtait ; j'en avais même des nausées. Si c'était ça, l'amour, ça me semblait franchement répugnant. Dans mes yeux à moi, ce n'était pas de l'amour ; c'était plutôt un traitement inhumain et dégradant qu'on infligeait à un autre être humain. J'ai commencé à me dire : « Je ne veux pas connaître l'amour si c'est pour être ça. » Comment Mme Surprenant pouvait-elle aimer son mari à ce point ? Sa soumission allait-elle jusque-là ? Cette réflexion m'a mis sens dessus dessous pendant des jours.

Enfin, M. Surprenant est sorti de la chambre, avec son air arrogant de conquistador, sourire aux lèvres, poitrine bombée, abandonnant sa proie dans l'arène, jusqu'à la prochaine fois. D'une main, il a remonté la fermeture éclair de son pantalon de travail et il a jeté un bref coup d'œil de gauche à droite pour chercher à découvrir si la scène avait eu des témoins.

Je craignais qu'il me découvre en train de l'observer. Je me faisais très discret, osant à peine respirer. Chaque seconde s'éternisait. Les gouttes de sueur perlaient sur mon front au point que l'une d'entre elles s'est détachée du lot pour s'abattre sur le verre posé juste à côté de moi. Le tintement aigu causé par l'impact l'a fait réagir. Brusquement, son sourire de satisfaction s'est mué en un air de méfiance. Ses yeux se sont mis à chercher la provenance du bruit. Plus un seul mouvement de ma part. J'étais momifié, la terreur s'infiltrant sournoisement dans mes veines pour me glacer le sang.

L'impatience l'ayant gagné, M. Surprenant a commencé à fouiller dans tous les recoins, décidé à dénicher l'intrus. Ironie du sort ou simple coïncidence, c'est à cet instant précis que l'on a frappé à la porte : M. le curé arrivait à l'improviste. C'était l'heure des confessions. M. Surprenant ferait-il preuve de repentance ? Même le père Sauvageau n'aurait pu me le dire.

Une grande peine m'a affligé une fois de plus en écoutant l'échange entre les deux hommes. D'entendre M. Surprenant mentir ainsi à cet homme de foi, en jouant le bon catholique, m'exaspérait. J'ai éprouvé un besoin soudain de prendre de l'air, tellement la situation m'écœurait. D'imaginer l'état pitoyable dans lequel Mme Surprenant devait être me perturbait profondément.

À un moment donné, de sa voix puissante, M. Surprenant a prononcé des paroles mièvres à l'endroit de sa femme pour l'inviter à se joindre à eux au salon. De l'autre côté de la porte de la chambre, elle a gentiment répondu qu'elle se faisait une beauté et qu'elle arriverait sous peu. Encore une fois, elle préférait taire les traitements déshonorants qu'on lui faisait subir, masquant ainsi l'hypocrisie de son mari.

Les grâces divines

Je croyais que ceux qui menaient une mauvaise vie ne pouvaient pas obtenir les grâces divines. Je me dis que, en ce qui concerne M. Surprenant, Dieu n'avait sûrement pas eu le temps d'y regarder de près.

L'OBSESSION

M. Surprenant aimait semer la terreur sur son passage. C'était sa façon bien à lui de nous pousser dans nos retranchements. Je suis convaincu que de jouer avec nos sentiments lui donnait la sensation grisante d'être au-dessus de tout, même de Dieu. C'était terrible de vivre avec la peur, sans jamais savoir quand en viendrait la fin.

Avec le temps, j'en suis venu à ressentir de la haine pour lui. Je savais que je pourrais commettre un geste répréhensible pour mettre fin à son règne. Toutefois, je m'efforçais d'empêcher mes désirs obsédants de vengeance de prendre le dessus. J'ignorais où ils me mèneraient et quelles en seraient les conséquences sur mon avenir. Je n'avais que sept ans.

J'ai rêvé au jour où je deviendrais assez grand pour l'affronter comme un homme ; pour qu'il connaisse la peur à son tour et qu'il constate l'ampleur de ses ravages.

La folie

M. Lafleur et moi avons passé des heures interminables à rouler sur une route inégale et sinueuse, dans un vieux tacot tacheté de rouille qui se confondait avec le jaune moutarde de la carrosserie cabossée, la seule chose qu'il possédait. Tout au long du trajet, le moteur n'avait cessé de tousser au moindre effort et avait transformé notre voyage en véritable épopée jusqu'au village au nom évocateur de Cap-d'Espoir, où vivaient les Rivard.

Il m'arrivait de jeter un coup d'œil discret et rapide dans le rétroviseur. Certains souvenirs pénibles de ma vie chez les Surprenant m'habitaient encore. J'avais pris l'habitude quand la tristesse m'envahissait de fredonner pour apaiser ma peine. Cette fois-ci pourtant, la magie n'opérait plus. J'avais souvenance de ce 3 juin 1975 où tout avait basculé. Ce soir-là, j'avais décidé qu'il fallait que ça cesse. La violence était de plus en plus fréquente ; elle avait atteint une sorte d'apogée. Je me devais de réagir et de sauver cette pauvre femme des mains violentes de ce fou furieux, même si elle ne semblait pas vouloir en être libérée. J'avais une seule envie, l'abattre.

Des intentions dévastatrices ont subitement surgi dans mon esprit. Impossible de nier leur existence, elles allaient dicter mes gestes à venir. Je ne me sentais plus tout à fait le même. Il y avait une partie de moi que je ne pouvais plus maîtriser, ce qui me faisait perdre toute notion du danger qui s'abattrait sur moi si j'exécutais mon plan. De toute manière, me disais-je, qu'avais-je à perdre en allant au bout de ma démarche ? C'était lui ou moi. J'étais possédé par une envie folle que tout s'arrête ; reprendre le plein contrôle de ma vie.

Pendant que M. Surprenant se déchaînait contre sa femme, je me suis dirigé vers l'armoire où tous ses fusils étaient exposés comme de véritables trophées. J'avais déjà repéré celui qui me paraissait le plus facile à manipuler ; je me suis emparé avec empressement du calibre .410. En titubant sous le poids de l'arme, je me suis dirigé vers un tiroir. Mes mains tremblantes et nerveuses ont tâtonné à la recherche des cartouches. Comme M. Surprenant redoutait que l'un de ses enfants ou moi décidions un jour de nous en servir, il avait pris soin de les dissimuler là où il était impossible de les trouver.

Le temps jouait contre moi. J'aurais voulu agir plus rapidement. J'essayais de conserver un certain calme malgré la menace qui commençait à gronder. Mais les secondes paraissaient des heures. Au moment où je venais enfin de trouver une cartouche pour réaliser la manœuvre de sauvetage, le temps s'était écoulé. Hélas, il a détourné son regard un instant de sa femme et a vu que j'avais pris l'arme. Il a aussitôt compris mon intention. Mes plans étaient déjoués. J'avais été démasqué.

Alors, son regard s'est transformé sous mes yeux apeurés. Sa colère est devenue instantanée. Il s'est précipité sur moi, j'ai eu le réflexe de me jeter au sol ; son poids m'écrasait et m'empêchait de respirer librement. Il m'a arraché brutalement l'arme des mains. J'étais certain que, cette fois-ci, j'allais mourir. Je me suis totalement abandonné à sa folie meurtrière. Fermant les yeux, j'ai prié avec ferveur pour que quelqu'un quelque part vienne à ma rescousse. Malheureusement, les enfants des Surprenant vaquaient à leurs occupations sur la ferme.

Il a pris la cartouche et il a chargé son arme. Il s'est assuré que j'entende bien le mécanisme d'enclenchement : un bruit insoutenable. Il m'a regardé avec mépris ; j'avais osé le défier. Il m'a fait comprendre que si je voulais rester vivant, il fallait que j'obéisse au doigt et à l'œil. Aucun doute possible sur le message qu'il m'envoyait et sur la gravité des conséquences si je ne me pliais pas à ses commandements. Il a pointé le fusil sur ma tempe en me hurlant les pires injures. J'ai été tellement saisi par l'intensité du geste que j'ai mouillé abondamment mon pantalon. Je pleurais de rage d'avoir raté l'occasion de le tuer. Quant à lui, il portait l'arme fièrement comme un vainqueur. J'étais convaincu qu'il allait passer à l'acte ; Dieu sait qu'il en était capable.

Quand la folie l'a quitté brusquement pour céder la place à une parcelle de lucidité, il a réalisé avec stupéfaction ce qu'il s'apprêtait à faire. Il s'est écroulé de tout son long sur la moquette. Il s'est mis à pleurer comme un enfant ; il était inconsolable. Sa femme portait encore les marques de sa terrible colère autour du cou. Elles étaient très apparentes et, cette fois-ci, seraient plus difficiles pour elle à dissimuler. Malgré cela, elle lui a tendu les bras pour l'accueillir.

Elle avait le pardon facile. J'entendais son mari lui dire à travers ses pleurs qu'il ne recommencerait plus. Il me semblait avoir entendu la même chose quelques jours auparavant. Mme Surprenant avait une mémoire défaillante. Il a osé déclarer que j'étais responsable de tout. C'était moi qui avais volontairement provoqué sa colère. Pourtant, il était en train de la tuer quand je suis intervenu pour mettre à exécution mon idée, indubitablement mauvaise.

Elle l'a consolé comme si elle était sa mère. Pourtant, c'était moi, l'enfant, mais j'étais laissé pour compte. Une partie de moi avait déjà fui les lieux, je n'étais plus tout à fait là.

Même si cette confrontation m'a paru interminablement longue, elle a été d'une surprenante brièveté. Pendant que Mme Surprenant réconfortait son mari, je m'efforçais de retrouver mon calme, mais la peur m'écrasait sous son poids. Elle se nourrissait de moi comme un vampire de sa victime. Je ne pourrais pas la supporter encore bien longtemps.

Je n'avais plus qu'un seul souhait, que ça se sache. Il fallait que je trouve une façon d'informer une personne de l'extérieur de ce qui se passait dans cette maison sans qu'on se doute que cela venait de moi ; c'était beaucoup trop risqué.

Incompris

J'éprouvais une grande solitude. Je me sentais toujours seul devant l'adversité. J'étouffais, je manquais d'air. C'était comme de se trouver au sommet d'une haute montagne où l'air est rare. Mais je ne pouvais en parler à personne, car personne ne pouvait être à ma place.

Il m'arrivait souvent de me sentir incompris. Personne ne captait mes signaux de détresse. J'étais à l'étroit dans mon corps quand le stress s'installait. Je paniquais à l'idée de ne pas être entendu. J'avais l'impression de ne pas avoir le droit d'exister. Comme si on m'interdisait d'exprimer mon malaise profond. Même si je voulais me ressaisir, je ne voyais pas comment m'y prendre. J'avais beau essayer de voir clair en moi, c'était impossible. La tension embrumait mes idées. Je ne trouvais plus la force de me battre.

Les matins

Ça faisait quelques semaines seulement que j'avais commencé ma deuxième année. Mon adaptation se faisait difficilement. Chaque matin m'arrachait des pleurs. J'en étais rendu à appréhender chacun d'eux.

J'ouvrais les yeux après n'avoir dormi que quelques heures. Je ressentais de la fébrilité dans tout mon corps. Comme je passais la plupart de mes nuits à l'affût des moindres bruits autour de moi, craignant que le « loup » surgisse dans ma chambre et vienne y hurler toute la nuit, j'étais incapable de me concentrer une fois arrivé en classe. Les heures de sommeil étaient de moins en moins nombreuses.

À l'école du village, je devais emprunter, avec un semblant de vaillance, un long couloir mal éclairé par des tubes de néon défectueux pour me rendre jusqu'à mon casier, que je partageais depuis peu avec un dénommé Tremblay.

Dès que j'entrais dans ce couloir, la frousse s'emparait de moi. La noirceur m'effrayait. Pour éviter d'attirer le regard des plus grands et d'attiser ainsi leur haine, je rasais les murs en marchant à pas mesurés. J'espérais toujours que je ne serais pas ridiculisé une fois de plus.

Malgré la discrétion de mes déplacements, une poignée de jeunes malfaisants s'amusaient à me suivre. J'étais l'objet de leurs plaisanteries de mauvais goût tout au long de mon parcours, ce qui me perturbait énormément. Ma fatigue accumulée me rendait davantage vulnérable. Mais jamais je ne leur ai laissé voir les sentiments véritables qu'ils suscitaient en moi. Je ne voulais pas qu'ils se réjouissent de mon état d'angoisse. Je ne voyais aucunement l'issue de cette situation puisqu'elle se répétait continuellement. J'encaissais toutes les méchancetés sans rien dire.

Je me souviens d'un matin où j'avais enfilé un pantalon beaucoup trop petit pour moi. Les carreaux multicolores attiraient l'attention. Encore une fois, je serais la risée de l'école. Je savais que mon accoutrement clownesque se prêterait parfaitement aux moqueries des autres. Je devais porter les vêtements des aînés sans pouvoir manifester la moindre objection. C'était ça et rien d'autre. J'en avais pris mon parti, même si je trouvais cette réalité dure à vivre. J'aurais préféré choisir au lieu de subir.

J'étais désormais convaincu que j'étais la cause des agressions répétées de M. Surprenant, et le fardeau de cette culpabilité était éreintant à la longue. Cependant, je me nourrissais d'espoir parce que, déjà, je savais que tout malheur a une fin. Je me répétais donc qu'il fallait bien que ça cesse un jour. Je devais essayer de toutes mes forces de tenir pendant la traversée.

Liberté

La recherche de la liberté s'est inscrite assez tôt dans ma jeunesse, le contexte familial pénible m'y a un peu obligé. Il me restait encore une dizaine d'années avant d'accéder à mon grand rêve : ne plus dépendre de personne et être enfin libre.

La confession

À l'école, je préférais m'isoler des autres pour éviter qu'ils découvrent ce dont j'étais la victime à la maison. De toute façon, personne ne m'aurait cru; ils auraient tous pensé que j'exagérais pour me rendre intéressant. Je cherchais toujours à esquiver le sujet quand on me posait des questions sur ma famille.

Alors, j'ai décidé de m'inventer une vie parallèle pour mieux supporter l'existence que je menais chez les Surprenant. C'était ma façon de gérer le temps qu'il me restait à faire parmi eux. Et un jour peut-être, je serais transféré dans une autre famille d'accueil.

La loi du silence était bien enracinée chez les Surprenant. À aucun moment, je n'ai pu parler de l'expérience douloureuse que j'y vivais; encore moins alerter le voisinage quand la situation l'exigeait. Même entre nous, nous n'abordions pas le sujet pour éviter de nous faire prendre et de réveiller le volcan en M. Surprenant. Pour lui, tout était devenu un prétexte aux querelles familiales.

Personne ne pouvait venir chez moi. M. Surprenant s'y opposait farouchement; craignant d'éveiller les soupçons sur lui. C'est la raison pour laquelle je n'ai pas eu d'amis pendant cette période de ma vie. Et même si j'en avais eu, j'aurais tout fait à cette époque pour les empêcher de découvrir ce qui se passait chez les Surprenant.

Si un certain sentiment de rébellion me gagnait à l'occasion et me donnait envie de dénoncer les horreurs que nous vivions à la maison, je le réprimais par crainte d'être durement châtié. Je connaissais par cœur les conséquences que pourrait entraîner ce genre d'initiative. J'ai alors pris l'habitude de mentir sur ce que je vivais réellement, allant jusqu'à ne plus savoir ce que je ressentais vraiment. C'était un mode de survie. Aujourd'hui, j'ai tendance à cacher mes vrais sentiments comme si je devais encore me protéger.

À l'école, j'étais souvent puni ; on me mettait en retenue pendant quelques minutes après les classes pour que je réfléchisse à ce que j'avais fait au cours de la journée. J'étais un élève peu appliqué dans ses travaux, souffrant de troubles de concentration, ce qui ralentissait les autres élèves et nuisait « au bon fonctionnement du reste de la classe », avait inscrit mon professeur sur une note remise un jour à Mme Surprenant.

Devant les autorités scolaires, Mme Surprenant cherchait innocemment les motifs de ma mauvaise conduite. Jamais elle n'aurait admis que ça pouvait être lié au climat familial chaotique. Je crois qu'elle était en déni. C'était sans doute un moyen pour elle de nier l'existence de certaines réalités atroces de sa vie misérable. Quand nous rentrions après une rencontre de ce type à l'école, elle me punissait à son tour en me laissant dans ma chambre pour réfléchir. « Réfléchir à quoi ? » lui demandais-je. J'étais sa honte, me disait-elle. Toutefois, elle n'a jamais osé parler de mes écarts de conduite à qui que ce soit, surtout pas à son mari, craignant le pire de lui.

J'en avais assez de me taire et d'endurer autant d'injustice de part et d'autre. Un jour, alors que je me rendais une fois de plus chez la directrice de l'école, sœur Noëlla, l'envie de révéler mes secrets au grand jour m'a pris et, au bout du compte, j'allais la satisfaire. M. Surprenant devait payer pour le mal qu'il nous avait fait. La vérité a éclaté. Au lieu de me réprimander comme les fois précédentes, sœur Noëlla, une vieille dame au visage sillonné de rides et à la démarche vacillante, m'a regardé droit dans les yeux et s'est montrée indulgente à mon égard. Dans son regard maternel je pus lire qu'elle cherchait à me comprendre, sans poser de jugement. Elle me confia qu'elle voyait en moi une bonté que mon comportement ne reflétait pas du tout. Puis, elle laissa entendre qu'elle se doutait qu'il se passait quelque chose d'anormal chez les Surprenant. Ce genre d'affaire demandait du doigté, mais elle avait de l'expérience.

Je me sentais assez en confiance avec sœur Noëlla pour lui dévoiler certains détails, même si j'avais fait la promesse solennelle à Mme Surprenant de me taire. « Que j'te voie raconter ce qui se passe icitte », m'avait-elle lancé sur un ton autoritaire et sans droit de réplique. J'ai hésité avant de répondre à la directrice. Mais comme elle était une femme de Dieu, j'avais l'impression de pouvoir tout lui révéler sans trahir mon serment, comme si ça ne comptait pas.

Alors, je me suis confié à elle. Elle m'a écouté religieusement. J'étais incapable de m'arrêter et de reprendre mon souffle. Grâce à elle, je touchais enfin à une certaine forme de libération, celle de nommer les choses qui font mal pour aller mieux. À la fin de mon exposé improvisé et interminable, je compris qu'elle était intimement persuadée qu'il fallait me sortir du chaos dans lequel j'étais depuis trop longtemps. Il restait à trouver comment y parvenir sans semer le doute chez les Surprenant.

Avant de me laisser partir, elle m'a serré dans ses bras et m'a murmuré à l'oreille que, quand la vie est insupportable à vivre à l'extérieur, il faut entrer à l'intérieur de soi et rêver jusqu'à ce que la tempête finisse. Depuis ce jour, j'ai suivi scrupuleusement son conseil; je suis devenu un rêveur.

Quelques jours plus tard, après cette mémorable rencontre, les services sociaux ont avisé tout bonnement les Surprenant que j'allais les quitter pour une autre famille d'accueil, comme c'était alors la coutume. Mon séjour était terminé. Pour éviter que mon contact avec les Surprenant se prolonge, les services sociaux ont accepté que M. Lafleur me conduise en Gaspésie dans ma nouvelle demeure, la maison sous les arbres des Rivard.

Chez moi

M. Lafleur souriait de satisfaction ; il s'était rendu par lui-même en Gaspésie. Il n'était pas peu fier. Au moment où nous allions entrer dans la cour des Rivard, il avait le regard confiant, ce qui était assez inhabituel. Il avait mené à terme la mission qui lui avait été confiée et c'était suffisant pour lui redonner un peu d'assurance. De mon côté, je songeais à la mauvaise opinion que les Surprenant pouvaient avoir de moi. Mais leurs sentiments à mon sujet m'importaient peu, j'avais les mêmes à leur égard.

La nuit venait à peine de s'annoncer. Par malchance, la chaufferette avait rendu l'âme une heure avant notre arrivée à destination. La densité du brouillard avait réduit la visibilité. La froidure de novembre transperçait mes vêtements. J'étais transi. M. Lafleur a éteint le moteur, qui avait grandement besoin de s'arrêter, et il a posé sa main sur mon épaule. D'un air contrit, il m'a regardé droit dans les yeux, ce qu'il n'avait jamais fait auparavant, et quelques mots à peine audibles se sont échappés de sa bouche : « Je suis désolé, j'ai pas pu rien faire pour toi. » Qu'il ose manifester sa compassion et montrer du regret, alors que la peur du ridicule l'en empêchait si souvent, relevait de l'exploit. C'était assez inattendu de l'entendre parler de la sorte.

Pour la première fois, il laissait paraître les sentiments qu'il avait à mon endroit, ce qui était plutôt rassurant. Avec le temps, j'avais développé une réelle affection pour cet homme que la vie avait injustement et durement éprouvé. Un soir de tempête où la foudre était tombée sur sa modeste maison, il avait perdu ses parents et son jeune frère. Il n'avait que sept ans. Du jour au lendemain, il était devenu orphelin.

Les Surprenant, ses voisins immédiats, avaient accepté de l'héberger moyennant sa contribution aux travaux de la ferme. M. Lafleur, encore enfant, s'était aussitôt senti redevable à vie envers ses bienfaiteurs. Pourtant, ceux-ci se mirent à le traiter avec une totale indifférence. La servitude dans laquelle M. Lafleur était tenu, si semblable à la mienne, lui donnait un air misérable qui me désolait. Il me répugnait d'avoir eu à vivre avec des gens aussi durs. On aurait dit que leur mépris envers tout un chacun était leur façon de s'élever au-dessus des autres.

M. Lafleur n'avait pas le droit de s'asseoir à notre table, un privilège réservé aux membres de la famille. Pour eux, il était un pur étranger qui partageait leur quotidien. Il se contentait des restes du repas de la veille. Il mangeait tout, il n'était pas difficile. Seul devant sa minuscule table, après avoir récité sa prière, il entamait son repas. J'ai souvent demandé la permission d'aller le rejoindre, mais malheureusement ma requête a toujours été rejetée.

Comme il avait été la première personne à m'accueillir avec gentillesse chez les Surprenant, j'avais un attachement indéfectible pour lui.

Sur la route, devant la maison des Rivard, où nous nous étions arrêtés, notre séparation était imminente. La tristesse commençait à poindre dans ses yeux, une émotion nouvelle pour ce grand et solide gaillard qui semblait généralement inébranlable quand survenaient des bouleversements. Cette fois-ci, il n'a pas cherché à dissimuler ses sentiments véritables. La fatigue m'avait gagné peu à peu et les émotions aussi. C'était la dernière fois que nous allions nous voir. Il était temps de faire nos adieux et de passer à une autre vie.

Une poignée de mains franche et un sourire marquèrent la fin de notre relation. L'aventure s'arrêtait là. M. Lafleur m'a regardé marcher jusqu'à la maison des Rivard alors que je retenais mes larmes. Il m'observait à distance, sa timidité maladive l'empêchant de m'accompagner jusqu'à ma nouvelle famille.

Mes pas résonnaient sur la chaussée mouillée pendant qu'un bruit incessant se faisait entendre au-devant de moi. Dans l'attente de l'instant où je rencontrerais ceux qui allaient me prendre en charge, je découvrais que le tapage était causé par la pluie qui martelait la toiture de la maison en tôle ondulée d'un rouge orangé. À ce tumulte s'ajoutait le grondement du tonnerre, alors que les éclairs fendaient le ciel. Tout cela résonnait affreusement dans ma tête comme ça le ferait pendant des années.

Après s'être assuré que j'avais sonné à la porte et que quelqu'un m'avait répondu, M. Lafleur a réussi à redémarrer son vieux bolide. Rien pour me tranquilliser : il allait devoir reprendre la route seul. Même épuisé, il s'est empressé de repartir bravement, en pleine noirceur, vers son Abitibi natale, là où l'attendaient ses devoirs et ses obligations rigoureusement imposés par les Surprenant. Les propriétaires des lieux m'ont ouvert la porte d'entrée. Leur accueil a été courtois. Ils étaient tous les deux dans la jeune quarantaine et parents de deux adolescents : Yves et Francine.

J'étais inquiet et un tantinet nerveux. Dès le premier regard, toutefois, je me sentis mieux. Je laissai tomber une partie de ma méfiance. Et je me suis en quelque sorte abandonné à cet instant. J'étais éreinté par le long périple qui m'avait mené jusqu'à eux.

J'ai finalement déposé mes bagages afin de prendre mes nouveaux quartiers. Après tout ce que j'avais vécu, j'espérais avoir trouvé un refuge chez les Rivard ; je me sentais enfin chez moi.

Les naufragés

Des années auparavant, les Rivard avaient décidé de consacrer leur vie aux enfants délaissés pour leur donner une famille. Ils avaient ouvert grandes leurs portes à des inconnus, des *étranges*, comme certains s'amusaient à dire de nous, afin de leur offrir une terre de transition.

Arrivés à destination, nous, les jeunes naufragés de la vie, nous échouions, le temps de quelques marées, en attendant que l'on veuille bien de nous ailleurs. Par la force des choses, nous nous réfugiions dans le giron des Rivard ; pour survivre, nous nous enroulions autour d'eux comme une plante grimpante. Nous voulions purement et simplement prendre racine quelque part.

Notre refuge pouvait accueillir huit enfants ; nous avions entre six et dix ans. Nous n'avions que notre prénom en poche et, en quête d'identité, nous attendions un nom de famille. Dès qu'une famille d'adoption obtenait l'accord des services sociaux, elle pouvait repartir avec son nouveau garçon ou sa nouvelle fillette. Alors, une place chez les Rivard était de nouveau libre. C'était un va-et-vient incessant.

Malheureusement, plus souvent qu'autrement, les enfants étaient ballottés d'une famille d'accueil à une autre sans pour autant être adoptés. C'était un rare privilège d'être adopté et nous le savions. Comment aurions-nous pu l'oublier ? On nous le rappelait constamment. En plus de nous faire croire à tort que, pour connaître cette chance, nous devions le mériter.

Abandonné là, sans repères, je devais me fier d'emblée aux Rivard, ou du moins essayer. Il me fallait rebâtir ma confiance dans les autres. Mais le souvenir de ce que j'avais vécu chez les Surprenant s'était incrusté dans ma mémoire ; ce qui m'avait rendu méfiant et quelque peu suspicieux. Un rien pouvait occasionner de vives réactions chez moi. Le moindre bruit aussi. J'étais sur mes gardes, appréhendant toujours d'autres attaques. Pourtant, je pouvais envisager un répit chez les Rivard. Ils avaient l'air si amoureux l'un de l'autre, si complices.

LA MAISON SOUS LES ARBRES

La maison des Rivard était à leur image, solide et stable, ce qui me rassurait. J'avais tellement besoin d'une permanence. À peine quelques minutes après mon arrivée chez eux, l'idée de vivre avec eux pour toujours avait fait son chemin. Je m'y plaisais beaucoup… trop. Ce lieu correspondait avec une parfaite exactitude au rêve que je caressais depuis mon départ de chez les Bilodeau. D'ailleurs, il y avait trop de similitudes entre les deux endroits pour que je ne fasse pas le rapprochement. Cependant, je restais conscient que j'étais dans une famille d'accueil et que je risquais de devoir la quitter à tout moment.

La maison était robuste comme le roc ; les grands vents du large n'avaient jamais eu raison d'elle. Même les *squalls* légendaires d'automne et les tourmentes de neige n'avaient pas réussi à la déstabiliser, m'avait-on raconté avec une fierté non dissimulée. J'étais fasciné par toutes ces histoires.

Malgré la résistance de la demeure, le temps avait tout de même fait son œuvre et laissé quelques traces indélébiles ici et là sur sa charpente en bois. Il était devenu impossible de cacher son âge, mais ça n'enlevait rien à son charme incontestable. Cette coquette demeure trônait majestueusement sur le sommet d'une colline qui domine le village et surplombe la mer.

Situé en plein cœur de la Gaspésie, Cap-d'Espoir prenait des allures de carte postale. On ne voyait que cette maison à des kilomètres à la ronde. Elle affichait ses couleurs vives : un jaune clair pour le revêtement extérieur et un bleu turquoise pour les volets. Elle exhibait triomphalement ses ornements d'époque comme de véritables petits trésors. À l'œil nu, il s'avérait difficile de distinguer ce qui était d'époque et ce qui avait été refait. Elle avait fière allure et elle attisait la convoitise. Je pouvais passer des heures à la contempler ; je me trouvais vraiment chanceux de vivre dans cette demeure.

Du haut de ses quatre étages, la « maison sous les arbres », comme l'appelaient affectueusement les villageois, faisait office de phare pour guider certaines âmes égarées les soirs de pleine lune et les valeureux marins les soirs de grande tempête.

Avec le temps, l'endroit était devenu un lieu de prédilection, presque un incontournable, lors des grands pèlerinages touristiques. Les visiteurs rendaient une forme d'hommage au caractère sacré des lieux. En vertu des pouvoirs de ressourcement que des Amérindiens leur avaient jadis conférés, la demeure et son domaine étaient un havre de paix propice à l'hébergement des jeunes écorchés de la vie que nous étions.

Hymne à la beauté

Lorsqu'on m'a présenté Francine, elle m'a d'abord regardé, puis s'est avancée vers moi sans me lâcher des yeux. Elle semblait intriguée par ma personne. J'étais littéralement sous son charme. J'essayais maladroitement de cacher l'émoi dans lequel sa présence me plongeait. Chaque pas qu'elle faisait dans ma direction augmentait mon inconfort. Je ne pouvais plus taire mon embarras.

Elle s'est alors approchée de moi avec grâce et élégance. Sa beauté rayonnait. J'étais complètement ébloui, bouche bée devant une telle magnificence. C'était la première fois que je vivais quelque chose de semblable. J'étais un peu jeune pour ressentir ce genre d'émotions, mais dès les premiers regards que nous avons échangés, je me suis épris d'elle. Ma réaction était sans doute le fruit de mon innocence.

Au moment où je croyais avoir enfin réussi à me ressaisir, Francine a déposé ses lèvres charnues sur mes petites joues roses. C'était le baiser d'usage en guise de bienvenue. Un rouge écarlate a soudainement envahi mon visage. Trop préoccupée par les autres membres de la maisonnée, elle n'a pas vu mon regard contemplatif ni saisi l'ampleur de mes sentiments à son égard ; fort heureusement pour moi. Je ne la quittais pas des yeux, l'admirant comme une icône.

Je ne savais trop comment composer avec cette émotion nouvelle, ni comment la nommer. Je la vivais, ça me suffisait. Seule ombre au tableau, Francine avait quatorze ans, et moi, sept ans et demi.

Ensemble

Le soir de mon arrivée, un repas de fête composé de poissons fraîchement pêchés dans la mer gaspésienne avait été organisé en mon honneur. Tous les membres de la famille reconstituée étaient réunis autour de la table. J'essayais de dissiper mes doutes devant tant d'amabilité. Je croyais rêver ; tout ça, pour moi ! J'étais convaincu que j'allais me réveiller bientôt et que le délicieux mirage disparaîtrait. Je restais sceptique. J'ai dû surmonter mes nombreuses réticences pour vivre pleinement ce beau rassemblement.

Mme Rivard et son mari, des personnes d'une grande bonté, ont procédé en compagnie de Francine à la présentation d'Yves et de chacun des jeunes qu'ils hébergeaient. Le regard du fils de la maison me déplut. J'essayai par tous les moyens de l'éviter ; lui non. Il semblait m'avoir à l'œil. Tout au long du repas, il examina mes moindres faits et gestes. Sa façon de m'observer d'une manière insistante m'indisposait grandement. Je sentais déjà qu'il allait me causer des ennuis.

Dès notre premier échange, il m'a traité étrangement en gardant ses distances, refusant de me serrer la main. Il souhaitait vraisemblablement montrer ainsi son autorité. À le voir agir avec une telle arrogance envers moi et les autres, j'ai perçu chez lui une certaine malveillance. Cette attitude m'a vite replongé dans mes souvenirs pénibles. Je me suis efforcé de maîtriser mes angoisses soudaines, en me disant qu'il n'était pas M. Surprenant, même si sa conduite trahissait certains traits communs.

J'avais beau me répéter cette réalité comme un mantra, la fatigue n'aidait en rien à me sortir de mon état d'anxiété et m'aspirait avec elle dans les méandres de mes idées noires. Puis, doucement, la raison a pris le dessus. Je me suis décidé à ignorer ses tentatives d'intimidation, et j'ai retrouvé assez de sang-froid pour faire comme si de rien n'était.

Après cet incident sans gravité, je pus poursuivre mon repas avec un minimum d'aisance, malgré quelques maladresses et réticences. La vue de cette famille unie me remplissait de joie et me faisait presque oublier l'appel du sommeil et le comportement hostile d'Yves.

Au fil de la soirée, je réussis à nouer des liens avec deux membres de la maison : Sylvain et Paul. J'éprouvais déjà beaucoup d'affection pour eux, sentiment qui s'était manifesté immédiatement après les avoir rencontrés. Trop absorbé par nos discussions enfantines, j'en négligeai même les autres personnes présentes autour de la table, ce qui me valut quelques commentaires désobligeants de leur part. Comme je m'étais accoutumé à ce genre de remarques ailleurs, je ne me suis pas attardé à ce qui se disait alors.

C'est ainsi que, dès ce soir-là, les clans se sont formés. Dorénavant, Paul, Sylvain et moi, nous serions ensemble, envers et contre tous.

L'AMITIÉ

Paul avait un an de plus que moi, mais il en paraissait deux de moins. C'était un grand garçon filiforme aux mains malhabiles, ce qui le complexait. Il avait les cheveux bouclés comme un mouton. On lui aurait donné le bon Dieu sans confession. Ses grands yeux marron étaient encerclés par des lunettes métalliques rondes qui dissimulaient un rien de strabisme, qui ne devenait évident que lors de grandes fatigues. Son teint basané en toute saison le rendait curieux de connaître ses origines. Il en parlait souvent ; ça le tracassait. Il voulait savoir d'où il venait.

Paul était aussi fragile que de la porcelaine. C'était un être hypersensible qui manquait manifestement d'assurance. Il n'osait jamais s'aventurer dans quoi que ce soit par peur d'être ridiculisé. J'ai tout fait pour le persuader que personne ne se moquerait de lui. À force de persévérance, j'y suis parvenu presque entièrement.

Pour lui, marcher était une véritable corvée. Pour une raison que j'ignore, il avait appris tardivement à se tenir debout. Son système nerveux lui dictait le pas, mais parfois ses jambes refusaient d'obéir aux ordres. Il ne pouvait pas vraiment s'y fier. Ça le rendait vulnérable, ce qui m'attristait. J'avais une grande affection pour lui ; je lui venais en aide quand la situation l'exigeait.

Paul y pensait à deux fois avant de se commettre en paroles. Son problème de bégaiement le freinait considérablement lorsqu'il devait s'exprimer. Les paroles se bloquaient dans sa gorge ou se bousculaient pour s'échapper de sa bouche ; un problème embarrassant à résoudre. Pour l'aider à surmonter ce handicap, j'avais pris l'habitude de terminer les mots à sa place et de parler pour lui. Je ne voulais pas que son état empire et j'espérais ainsi le préserver des moqueries. Je désirais lui épargner ce que j'avais vécu lorsque je fréquentais l'école de Sainte-Hélène-de-Mancebourg, où j'avais grandement souffert d'être la risée de tous. Je gardais une certaine amertume de cette expérience et mes études s'en ressentaient. Je croyais que cette situation allait se perpétuer dans ma nouvelle école, ce qui heureusement ne fut pas le cas.

Malgré plusieurs différences apparentes entre nous, nous étions faits de la même étoffe. La vie l'avait lui aussi cahoté et il avait connu comme moi d'importants chamboulements familiaux. Il en était à sa quatrième famille d'accueil.

Tout comme Paul, j'étais maigre et chétif comme une branche sèche. J'aurais pu casser à la moindre brise. J'affichais un teint d'un blanc laiteux. Mes cheveux étaient aussi lisses qu'une patinoire. Mes yeux étaient d'un vert émeraude. Le battement de mes longs cils ajoutait au charme de mon regard. Quand j'étais à mon meilleur, ce qui ne m'arrivait que très rarement, je pouvais me trouver beau. Mais ce sentiment soudain de vanité s'évanouissait vite ; j'avais si peu confiance en moi. Ce genre d'élan avait pourtant suffi à éveiller dans mon esprit une certaine forme d'interrogation ; allais-je un jour pouvoir être assez sûr de moi pour faire face à la vie et surmonter les pires épreuves auxquelles je serais confronté ?

Mon air espiègle faisait que l'on me soupçonnait des pires mauvais coups, même ceux que je n'avais pas pu commettre. J'étais un véritable moulin à paroles, mais quand la roue s'arrêtait de tourner, je me terrais dans un silence profond. J'étais un solitaire en quête de sociabilité, ma véritable nature si la vie avait été tout autre pour moi.

Mon autre ami, Sylvain, était mon antithèse. Il avait une carrure plus imposante. Son visage était aussi rond qu'une pleine lune. Ses grosses joues roses lui donnaient un air sympathique. Il devenait rougeâtre quand la colère montait ou quand la gêne s'emparait de lui. De grandes oreilles détachées, un petit nez en trompette et une bouche minuscule achevaient le profil de sa bouille singulière. Du haut de ses dix ans, il bravait tout ; rien ne lui résistait. Il n'avait pas froid aux yeux. C'était notre protecteur. De notre triumvirat, Sylvain était le plus fort. Je me sentais moins faible en sa présence. Sa stature nous rassurait, tandis qu'elle en intimidait plusieurs.

Quand il était à nos côtés, l'angoisse se dissipait. Elle n'exerçait plus d'ascendant sur nous. Je savais qu'avec lui, rien ne pouvait nous arriver. Il était une forteresse imprenable. Il avait une attitude fanfaronne face au danger et son courage semblait le rendre invincible. J'aurais tellement voulu être comme lui, avoir sa force. C'était un de mes souhaits, mais il n'a jamais été exaucé.

Paul, Sylvain et moi sommes devenus les meilleurs amis du monde. Nous étions comme les doigts de la main, inséparables. Nous l'avons été jusqu'à la fin.

Croire

Ma gratitude était grande envers les Rivard. Je voulais croire en un sort meilleur parce que j'avais encore la foi. Je savais que mon sort pendant ce nouveau parcours était tributaire de la bonté de ceux qui m'accueillaient et du projet de vie que la divine providence me réservait. Mais j'étais curieux de savoir quel était le plan que la destinée avait conçu pour moi. Et si mes plans seraient compatibles avec les siens.

Le serment

Paul, Sylvain et moi partagions la même minuscule chambre. Elle avait été fraîchement aménagée au grenier. Le toit mansardé en limitait la superficie. Nos trois petits lits étroits étaient alignés en rang d'oignons, et occupaient tout l'espace avec une vieille commode abîmée, qui penchait vers le sol sous le poids de nos trouvailles et de deux lampes de chevet disparates et affreusement décorées.

Par chance, les deux puits de lumière offraient le ciel à nos regards et, à la tombée de la nuit, nous distribuaient les étoiles une à une. Il y en avait un nombre incalculable. Nous poussions même l'audace jusqu'à rêver à haute voix. Chacun d'entre nous voulait faire partie d'une vraie famille; être l'élu de quelqu'un. C'était notre rêve le plus cher. Malgré notre optimisme, nous savions bien que ça ne dépendait pas de nous. La chance avait son rôle à jouer dans nos destinées; nous devions l'attendre.

Flanqué de mes deux acolytes, mes inséparables compagnons, je me sentais moins seul et mieux compris dans la vie; c'était particulièrement rassurant pour moi qui n'avais connu que les affres de la solitude.

Nous étions de la même fraternité. Des événements similaires nous avaient permis de nous lier d'amitié à jamais par un serment sur l'honneur. Chacun allait veiller sur les autres, peu importe ce qui surviendrait dans nos vies. D'ailleurs, c'est ce que nous nous appliquions à faire fidèlement soir après soir. Quand venait le temps de dormir, l'un de nous attendait que les deux autres s'endorment avant de succomber à son tour au sommeil. Nous avons respecté cette coutume en alternance pendant des lunes. Aucun de nous ne s'y serait soustrait. C'était devenu un rituel. À force de le répéter avec fidélité, il s'était avéré bénéfique pour nos esprits souvent perturbés. Nous avons compris que c'était un remède efficace qui nous empêchait de nous attrister.

Notre rituel du coucher n'était pas toujours au point. Parfois, nous étions incapables de résister jusqu'à la fin de notre garde ; nous nous abandonnions tous les trois dans les bras de Morphée au même instant. Quand mon tour de veille venait, il m'arrivait de ne pas trouver le sommeil. J'avais trop attendu. Une autre nuit blanche s'étirait jusqu'au matin.

Les autres

J'ai toujours aimé prendre soin des autres. Je voyais dans ces gestes envers autrui une certaine façon de me rendre utile. J'avais déjà saisi l'importance pour les êtres humains de se sentir utiles, de donner un sens à ce qu'ils font.

Accepter que l'on s'occupe de moi, par contre, me rendait fort mal à l'aise. Quand venait le temps pour moi de recevoir l'aide des autres, j'aurais voulu qu'on me laisse tranquille. Paul et Sylvain insistaient pour me soutenir à leur tour, question d'équité.

Instants volés

À certains moments, il m'arrivait de partager avec Paul et Sylvain mon juchoir, en haut du grand escalier en bois massif. Les uns contre les autres, nous aimions ces instants volés où nous pouvions regarder le monde à travers les barreaux. Il y avait une forte complicité entre nous, quelque chose d'inexplicable. Notre seule présence nous suffisait, les mots étaient inutiles. Nous observions la vie des autres membres de la maisonnée sans nous mêler à eux ; nous étions aux premières loges des histoires de vie qui s'écrivaient sous nos yeux. Ça énervait les autres enfants, cette façon que nous avions de les regarder d'en haut. Cependant, nous ne voulions pas renoncer à ce plaisir.

Vue sur la mer

De la fenêtre de notre chambre, nous avions une vue sur la mer. Souvent, je me plaisais à observer le déferlement des vagues, qui se fracassaient sur la falaise dans un vacarme d'enfer, assourdissant. D'où j'étais, je me sentais à l'abri et protégé de cette violence. J'y voyais la force destructrice de la nature et la résistance des rochers, et ceci me rappelait la résilience dont doit faire preuve l'être humain devant l'adversité.

Le rugissement des flots faisait parfois peur à entendre et à voir. Il retentissait dans mon cœur trop sensible, fragilisé par les épreuves de ma jeune existence. Mais en même temps, j'étais hypnotisé par de telles scènes. J'appréciais la représentation.

Paul, Sylvain et moi embrassions d'un seul regard un immense horizon qui nous permettait de donner libre cours à nos plus folles espérances. Dieu sait combien nous en avions à nourrir ; nous n'avions que ça à faire. Cependant, jamais, au grand jamais, nous ne pensions que le ciel nous exaucerait complètement. Nous envisagions l'avenir avec une certaine appréhension. D'aussi loin que je me souvienne, nous avions bien compris qu'il valait mieux ne pas trop attendre de la vie afin d'éviter qu'elle nous déçoive et que nos espoirs soient trompés une fois de plus. Nous ne voulions pas être désappointés. Malgré cela, nous ne pouvions nous empêcher de faire quelques prières ici et là, question de passer le temps.

La force tranquille

Un saule majestueux régnait en roi et maître sur les lieux pittoresques de la demeure des Rivard. Il imposait le respect. L'aurore dévoilait son feuillage touffu, qu'il semblait déployer avec une sorte de langueur dans des étirements paresseux. Il est vite devenu mon refuge. Quand la peine montait en moi, je courais vers lui, je l'entourais du mieux que je pouvais de mes bras trop courts ; je le serrais étroitement contre ma frêle poitrine pour finalement épancher mon cœur. Sa force tranquille, bien ancrée au sol, m'apaisait.

J'ai encore le réflexe de me réfugier dans la nature, parmi les arbres, quand des tourments m'assaillent.

Lui

Yves, le frère de Francine, venait d'avoir seize ans. Ma première impression s'est révélée exacte. Contrairement à sa sœur, il n'avait jamais vraiment prêté attention aux enfants qui défilaient dans la maison. Il se comportait en véritable tyran, à l'insu de ses parents. Il s'organisait habilement pour n'être jamais pris en défaut. Il veillait à l'exécution des tâches de chacun d'entre nous avec une brutalité implacable. Il était d'une intransigeance absolue à l'égard des « bâtards », comme il se plaisait à nous nommer avec un air supérieur. Je n'écoutais plus les innombrables remontrances qu'il nous faisait constamment. Il valait mieux feindre la soumission.

J'étais pour ma part à l'abri de ses manœuvres d'intimidation accablantes. Il connaissait le lien étroit que nous avions développé, sa sœur et moi ; il ne voulait en aucun cas la décevoir. Parfois, quand Francine n'y était pas, il cherchait à me faire du mal, mais beaucoup moins qu'aux autres. J'espérais que ses parents découvriraient sa véritable nature.

La terreur qu'il faisait régner parmi nous a duré longtemps, jusqu'au jour où il a dépassé les limites. Il venait d'humilier un enfant qui avait uriné dans sa culotte ; Yves l'a fait tomber par terre dans la flaque. La dureté de ses traits se dessinait sur son visage.

Mais cette fois-là fut de trop. Ses parents l'ont démasqué, ils avaient tout vu. Estomaqués et abasourdis par la méchanceté de leur fils, ils l'ont obligé à se repentir. Ils étaient loin de se douter que cet incident n'était pas isolé. Les jours qui suivirent, la crainte d'être à nouveau pris avait ralenti ses ardeurs, pour notre plus grand bénéfice.

La prière

Des combats intérieurs intenses m'accablaient fréquemment, et je les vivais avec difficulté ; ils survenaient inopinément. Je croyais à tort que je pouvais être plus fort qu'eux, mais c'était les sous-estimer. Quand ces tiraillements se manifestaient en moi, j'avais pris l'habitude de me réfugier dans la prière pour m'apaiser et retrouver un semblant de sérénité. Je croyais à tout ce qui était écrit dans la Bible. Souvent, avant de m'endormir, Mme Bilodeau m'en avait lu des extraits. Elle vénérait tous les saints du ciel et leur conférait tous les pouvoirs du monde.

J'avais l'impression que de lire des passages de l'Ancien Testament me rapprochait un peu d'elle. Elle me manquait tellement. Je me demandais ce qu'elle faisait de sa vie maintenant que je n'en faisais plus partie. Pensait-elle à moi comme je pensais à elle trop souvent ? Savait-elle où j'étais, ce que je devenais ?

Pour éviter de sombrer dans ces grands questionnements qui restaient toujours sans réponse, j'allais me recueillir pour prier. Je me retirais dans le petit boudoir au fond de la maison des Rivard, je m'agenouillais sur le prie-Dieu, spécialement aménagé pour ces occasions. Dès les premières secondes dans ce lieu isolé, j'appréciais la sérénité qui régnait dans la petite pièce. Tout devenait propice à la confession. C'était inévitable d'une fois à l'autre, j'entamais mon monologue avec l'Être suprême, comme Mme Bilodeau l'appelait respectueusement. Je lui racontais tout. Je déballais le trop-plein, comme si je déposais mes bagages pour me délester un peu d'un poids devenu trop lourd à transporter. J'espérais ainsi trouver consolation à certaines de mes nombreuses doléances. Dieu restait pourtant insensible à mes prières. J'avais beau attendre et attendre une quelconque manifestation de sa part, aucun signe ne venait. J'entretenais toujours le ferme espoir d'être entendu un jour ; quelque chose de mystérieux me commandait de persévérer. Je n'avais qu'une seule envie : y croire.

La noirceur

J'avais peur dans le noir. J'avais cultivé cette crainte irrépressible chez M. Surprenant. Il se servait de la nuit pour déployer l'éventail de ses sentiments les pires. Rares étaient les jours où j'étais épargné.

Même chez les Rivard, loin de cette tourmente, dès que la nuit devenait impénétrable, ma détresse s'éveillait. Ma respiration était soudain saccadée, mon cœur se serrait et ses battements s'accéléraient. Cette obscurité profonde me remplissait d'inquiétudes, qui rendaient mon sommeil impossible.

Fréquemment, des fantômes apparaissaient en empruntant diverses formes. Ils défilaient devant moi juste pour me donner la frousse, celle qui immobilise, celle qui déstabilise. Ils réussissaient à tout coup. Ils étaient désormais des habitués de mes nuits. Dès que je croyais les apercevoir, l'effarement me paralysait. Je tentais de les chasser en vain. Ça arrivait toujours au moment où j'étais le seul qui ne dormait pas. Je devais les combattre en solitaire. J'ai dû apprendre à composer avec leur présence nocturne et à démystifier ces êtres imaginaires. Je me suis mis à parlementer avec eux afin de les faire fuir. Selon ma perception de la réalité, ils me hantaient parce que j'avais mal agi et que je méritais une punition.

Bien souvent, je passais la nuit à guetter le lever du jour. Une nuit qui n'avait pas de fin ; l'attente était interminable. Mais j'avais l'habitude de ces longues attentes. Je prenais mon mal en patience. J'en étais venu à présumer que ça pourrait être ainsi jusqu'à la fin de mon existence.

Nous

Paul, Sylvain et moi étions devenus les plus anciens résidents de la maison d'accueil. Malgré la distribution de nombreuses photos où nous affichions notre plus beau sourire, personne ne s'était montré intéressé par l'un d'entre nous. Pourtant, les familles d'adoption avaient vu ces photos, car c'est à partir de celles-ci que leur choix s'effectuait. Peut-être n'avions-nous pas réussi à faire bonne impression. Comment aurions-nous pu faire autrement ? Étions-nous devenus trop vieux ? Ça nous attristait énormément de penser à cette éventualité, mais nous évitions d'en parler ouvertement afin de ne pas sombrer dans un profond chagrin.

Tout au long de notre séjour, nous avions côtoyé plusieurs jeunes égarés dans la vie. Par chance, ils avaient pu retrouver leur chemin ailleurs. Quant à nous, nous ne voyions pas le jour où nous quitterions cette adresse.

L'ESCALIER

Souvent, j'aimais m'asseoir seul dans l'escalier, où j'avais le sentiment que les barreaux me protégeaient du reste du monde. J'en avais fait mon lieu d'observation.

Vivre pleinement et doucement cette solitude ; c'est seulement dans ces moments que je pouvais rêver autant que je le souhaitais sans que personne ne vienne me distraire de mes songeries. Je me tenais aussi à l'écart pour pouvoir mieux échapper au danger qui pouvait se présenter à moi.

À distance, je scrutais les moindres faits et gestes des autres pour mieux comprendre ce qui les poussait à agir, ma plus grande fascination. Du haut de mon observatoire, pendant qu'ils s'amusaient, je refaisais le monde et je l'imaginais meilleur.

Paix

J'étais bien depuis mon arrivée chez les Rivard. J'étais heureux. J'avais retrouvé une sorte de calme intérieur ; la tempête s'était tue, pour mon plus grand bonheur. J'avais encore quelques craintes, mais je réussissais à les neutraliser la plupart du temps. Seuls Sylvain, Paul et Francine pouvaient me tirer de cette torpeur qui me tenait parfois à l'écart des autres. Ils étaient ma garde rapprochée. J'avais peine à me passer de leur présence. Je les aimais de tout mon être. Grâce à eux, j'avais fait la paix avec la vie.

Le printemps

Le mois de mai n'avait que quelques heures ; l'hiver s'était un peu éternisé avant de tirer sa révérence. Il avait cédé la place au lumineux printemps que nous attendions tous avec impatience. La grisaille du quotidien, exacerbée par un hiver interminable et affligeant, allait enfin disparaître. Les froids intenses et les nombreuses bordées de neige avaient rendu la saison plutôt difficile. Je rêvais à ce réveil de la nature depuis si longtemps.

Maintenant, nous étions à l'heure des réjouissances. Heureux d'un printemps qui se montrait enfin. Tout était en place pour nous laisser savourer ce moment de félicité. Le bonheur semblait avoir des plans pour nous. Nous en étions tous ravis. Cependant, même quand j'étais plongé ainsi dans une douce béatitude, j'éprouvais parfois des doutes, malgré mes efforts pour rester optimiste. Je n'étais pas à une contradiction près. Les événements malheureux du passé venaient un peu faire ombrage à mes envies d'une vie meilleure.

Joyeux anniversaire

Ce matin-là s'annonçait comme les autres. La rosée avait déposé de fines gouttelettes d'eau sur la galerie et tout autour. Mme Rivard avait étendu sa lessive quotidienne et l'odeur de lavande se répandait partout. Les vêtements, bien agrippés à la corde à linge, tenaient tête au vent qui commençait à se manifester. J'écoutais son sifflement à travers les branches d'arbres qu'il secouait. On entendait au loin les chamailleries des goélands. Une véritable cacophonie. Le brouillard se dissipait lentement. Le soleil tentait de se frayer un chemin. Ça sentait le muguet à plein nez. J'étais dans un drôle d'état, un amalgame d'émotions.

Nous étions au douzième jour du mois de mai 1977, c'était mon anniversaire. Pour l'occasion, la maison avait pris ses grands airs ; c'était la fête. J'avais enfin neuf ans. Sur la petite table en bois massif, située dans le hall d'entrée, on avait étalé une panoplie de mirlitons. Des ballons multicolores étaient suspendus un peu partout. Ornés de petites taches de couleurs, les serpentins se dandinaient au gré du vent, qui se faufilait par les fenêtres laissées ouvertes en cette belle matinée printanière.

L'odeur envoûtante des épices contenues dans le légendaire cipaille de Mme Rivard embaumait la cuisine et allait bientôt s'emparer des autres pièces. Ces parfums titillaient mes narines et j'attendais avec impatience que sonnent les douze coups de midi. D'ailleurs, cette journée-là, toutes sortes d'odeurs se mêlaient les unes aux autres. Le jeu était de savoir laquelle prédominait.

J'entendais la rumeur confuse des discussions. Le bourdonnement des conversations vivifiait l'ambiance de la maison et me divertissait. Une dizaine d'enfants et quelques adultes s'étaient réunis pour célébrer mon grand jour. Pour la circonstance, ils s'étaient endimanchés. Du haut de mon escalier, je les contemplais. Ils étaient splendides. Un pur ravissement pour les yeux. La gaieté s'était emparée d'eux et elle se propageait dans tous les recoins de la demeure.

Les enfants commençaient à se grouper autour de la table, beaucoup trop étroite pour accueillir tous ces convives. Ils ne pouvaient dissimuler leur fébrilité. Une autre occasion de réjouissances, comme l'était chaque anniversaire, célébré en grande pompe avec les moyens du bord. C'était un cérémonial important pour les Rivard.

Mme Rivard et Francine avaient manigancé pour tout préparer, mais je savais tout. Quelques jours plus tôt, j'avais intercepté une conversation entre adultes, où il était question de mon anniversaire et de ce qu'il fallait faire pour éviter que je découvre le pot aux roses. Ils avaient échoué. J'étais curieux comme une belette. Savoir qu'ils me préparaient une fête me rassurait sur l'amour qu'ils me portaient. Même si la surprise n'en était plus une, le contentement se lisait sur mon visage.

Lorsqu'ils m'ont vu apparaître dans l'embrasure de la porte, ils ont été surpris, mais se sont ressaisis et se sont mis de but en blanc à scander maladroitement mon prénom, « Olivier, Olivier, Olivier, Olivier », pour me témoigner leur affection. Peut-être aussi pour me faire oublier celui de « Robin », qui était inscrit dans le glaçage rose fuchsia, garni d'ornements joliment disposés sur le gâteau blanc, que le temps avait rendu sec. J'écarquillais les yeux pour mieux voir. Faute de moyens, Mme Rivard avait pris le gâteau qui était exposé depuis quelques jours dans la vitrine de la pâtisserie Beaulieu et fils, sur la rue Principale, sans trop se poser de questions. Seule l'intention comptait.

Les bougies allumées rehaussaient le gâteau et détournaient mon attention de l'inscription qui y figurait. Elles ne demandaient qu'à être soufflées. J'avais droit à un vœu. Je devais le formuler clairement dans ma tête, mais j'hésitais. Pourtant, un seul me venait à l'esprit. Les regards étaient fixés sur moi. Tous attendaient impatiemment que je me décide. Les secondes s'égrenaient. Les chandelles se consumaient. Moi, je cherchais encore à formuler l'unique vœu qui importait à mes yeux, celui que l'on entretient secrètement. Mais finalement, le temps a filé sans que j'aie eu le temps de prononcer un seul mot. La cire s'est déversée sur le gâteau, toutes les couleurs se sont mêlées. Un véritable gâchis.

Consterné, je vis le sourire de la tablée s'éteindre. J'avais perdu ma chance. Tous le savaient. Mon hésitation interminable avait tout fait basculer. J'avais l'impression que le mauvais sort allait s'abattre et s'acharner longtemps sur moi. Dorénavant, j'aurais d'innombrables prières à faire pour le conjurer et pour un jour reconquérir ma chance. Cette péripétie m'a plongé un long moment dans la désolation la plus complète.

Comme ma famille avait prévu de célébrer mon anniversaire avec les meilleures intentions du monde, je savais que je devais me montrer digne de ce privilège. Mais en n'ayant pas soufflé les bougies à temps, je venais de briser tout le rituel qui entoure ce genre d'événement. J'avais échoué, et je m'en voulais. Pas besoin des autres pour me juger, je le faisais aisément moi-même et avec plus de dureté encore qu'eux. Quand ce sentiment de culpabilité m'habitait et me faisait la vie dure, mon seul souhait était d'avoir des ailes pour m'enfuir.

Malgré l'ampleur de ce que je jugeais être ma déconfiture, Francine a sauvé une partie de la mise. Elle s'est d'abord avancée vers moi, affichant son plus beau sourire, l'air maternel. Dans un élan d'affection, elle a mis une main aux ongles manucurés toute délicate dans mes cheveux ébouriffés. Soudain, j'ai été pris d'une envie folle d'aller coller mon petit cœur aux cent battements à la minute contre sa poitrine, et d'attendre ainsi que mon malaise se dissipe complètement. Évidemment, il m'était impossible de combler ce désir subit ; je devais me raisonner. Pendant ce temps, de l'autre main, Francine s'est mise à me caresser tendrement le visage. Sa peau contre la mienne, j'en avais rêvé secrètement. C'était un péché inavouable. J'éprouvais un malaise quand ces idées étranges surgissaient dans mon esprit.

De longues secondes se sont écoulées sans qu'un mot soit dit. Plongés dans le regard de l'autre, nous nous sommes compris. Lorsque Francine a senti que j'étais réconforté, ses deux mains se sont enfoncées dans les poches de son tablier, à ma plus grande déception. Elle s'est ressaisie un peu, malgré le trouble qu'elle semblait ressentir après m'avoir vu dans un tel état. Puis elle s'est retournée vers les autres. Elle a pris l'initiative de couper le gâteau en parts scrupuleusement égales, sous le regard attendri de Mme et M. Rivard, puis les a distribuées à chacun d'entre nous. Personne n'a été oublié.

Dès la première bouchée, un goût indéfinissable vint chatouiller mes papilles. À voir la réaction des autres, je compris que je n'étais pas le seul à détecter cet arrière-goût. Tout le monde semblait partager mon dégoût, mais personne n'osait parler. J'avais envie de recracher le morceau que j'avais engouffré comme un goéland affamé ; mais ça ne se faisait pas. Je terminai de mastiquer un petit bout de bougie qui était resté prisonnier dans le glaçage. C'est à cet instant précis que Francine constata que le gâteau était rassis. Elle nous ordonna de cesser de le manger sur-le-champ. Tout le monde parut soulagé du mot d'ordre, du moins, moi, je l'étais. La célébration avait perdu de son lustre. Il n'y avait plus d'étincelles dans mes yeux.

Puis, brusquement, Sylvain a commencé à faire le pitre pour détendre l'atmosphère. Je me suis surpris à rire aux éclats. À mon grand étonnement, j'étais soudainement heureux. J'avais repris goût à la fête. La musique s'est mise à jouer à tue-tête. Les rythmes effrénés ont réussi à me faire oublier la bévue que je venais de commettre et m'ont entraîné dans la danse. L'atmosphère est redevenue festive. Pendant que certains d'entre nous dansaient avec effervescence, d'autres y sont allés de leurs meilleures histoires comiques, en essayant de se faire entendre malgré le niveau sonore de la musique.

Tout était rentré dans l'ordre. Pour combien de temps ?

Boule de verre

Après la danse, à laquelle une vingtaine de personnes avaient pris part, les invités se sont dispersés un peu partout dans la maison et sur le terrain. Je partis à la découverte de mes cadeaux.

Les Rivard avaient étalé sur la table du salon des cadeaux disparates qui m'étaient destinés. Toutes les formes et les couleurs possibles et imaginables s'y trouvaient. Je rôdais autour en les observant sous tous leurs angles.

Parmi ces cadeaux, il y avait une boîte recouverte d'un tissu soyeux rouge cerise qui attira particulièrement mon attention. Elle semblait renfermer de bien grands mystères. Je la pris dans mes mains et tentai de deviner son contenu en la remuant vivement en tous sens. C'est en regardant au dos que je découvris la mention « Manipulez avec soin/fragile ». J'arrêtai aussitôt de la secouer. Sur la petite carte blanche était écrit : « Pour la vie, Francine. »

Ma curiosité allait m'empêcher d'attendre. C'était une question de patience, et je ne possédais pas cette qualité. Mes doigts titillés par l'envie de découvrir les trésors cachés sous l'emballage cédèrent à la tentation. Je m'assis par terre et guettai discrètement le va-et-vient des invités pour éviter d'être pris en flagrant délit. J'ouvris la boîte délicatement afin de faire durer le suspense. Mon émerveillement fut à son comble à la vue d'une boule en verre qui renfermait des personnages de fable.

Je pris l'objet dans mes mains pour en examiner les moindres détails. Je tombai entièrement sous son charme. Je ne cessai de l'astiquer pour en enlever la moindre tache et pour donner tout l'éclat au verre limpide. Je remontais constamment son mécanisme pour me laisser bercer par la musique qui en émanait. J'étais tout simplement envoûté par ses pouvoirs. La vie des personnages que la boule emprisonnait était au bout de mes doigts ; ils s'animaient au gré de mes humeurs. Dès les premières notes, ils s'exécutaient avec la précision d'un métronome, malgré la musique qui s'emballait avant de trouver sa juste cadence pour ensuite ralentir peu à peu.

La fin du monde

Marc était d'origine haïtienne et était âgé de huit ans. Il avait subi des sévices qui l'avaient emmuré; son comportement s'apparentait à une forme d'autisme. Pour ces raisons, il accusait un retard important à l'école. Il en était rendu à sa cinquième famille d'accueil; personne ne voulait prendre soin de lui. Depuis peu, il s'était ouvert aux autres, grâce à l'âme charitable des Rivard, avec qui il partageait sa vie depuis moins d'un an.

Il n'y avait plus que lui et Sylvain dans la cuisine. Ils étaient chargés de tout remettre en ordre après la tornade causée par les festivités du jour. Les autres enfants s'étaient dispersés pour vaquer à leurs occupations. Chacun de nous devait accomplir quotidiennement une corvée domestique, à l'exception du dimanche, journée qui nous appartenait. Nous connaissions par cœur les règles de la maison, établies à notre arrivée par Mme Rivard. Il fallait s'y soumettre sans réserve et accomplir avec soin nos travaux.

Cette journée-là, comme c'était ma fête, j'étais en congé. J'en profitais pour lézarder et me perdre dans mes rêveries en haut de l'escalier.

Sous mes yeux, Marc et Sylvain se mirent soudain à se disputer à propos d'un rien. Les esprits s'échauffèrent, les garçons s'engueulaient, puis leur discussion envenimée dégénéra en échauffourée. Coup de malchance, alors que Sylvain tentait de reculer pour se protéger des coups, il trébucha et sa tête alla heurter le coin de la table pour ensuite percuter durement le sol. Il s'étala aussitôt de tout son long. Marc prit ses jambes à son cou.

Sous l'effet de la terreur, j'étais incapable de bouger ou même d'appeler les secours. Les aiguilles de l'horloge grand-père semblaient s'être arrêtées ; je n'entendais plus son tic-tac. J'avais perdu toute notion de la réalité. Pour moi, c'était la fin du monde.

À quelques mètres de moi, le grand corps blessé de Sylvain était étendu sur le plancher. J'ai finalement rassemblé mon courage pour descendre l'escalier et me suis approché lentement de lui. En apparence, il semblait dormir d'un sommeil un peu plus profond que d'habitude. Mon réflexe premier a été de chercher à le border, comme nous le faisions à tour de rôle, soir après soir, l'un pour l'autre. J'avais la certitude que je pouvais lui venir en aide jusqu'au moment où je l'ai retourné et j'ai vu ses yeux, qui fixaient le plafond. Avec horreur et consternation, j'ai constaté qu'il nous avait quittés pour toujours.

Je me mis à pleurer de façon incontrôlable. Une partie de moi refusait de croire ce qui venait de se produire. Tout cela s'était passé si vite, inopinément, sans que je puisse y faire quoi que ce soit. Mais mon mécanisme de déni était bien enclenché et me protégeait contre la trop vive douleur. Je n'arrivais pas à crier et à appeler les autres pour qu'ils viennent en renfort. Étranglée par l'émotion, ma voix ne réussissait pas à se faire entendre. L'effort à fournir était au-delà de mes capacités.

Brusquement, j'ai lancé de toutes mes forces une potiche chinoise qui traînait sur la table ; elle s'est fracassée contre le mur en volant en mille éclats. Le bruit a retenti jusque dans les moindres recoins de la maison. Le glas venait de sonner la fin de la récréation. Les enfants se sont rués dans la cuisine.

J'entendis la grande Sophie, du haut de ses dix ans, pousser un cri strident, déchirant et profond, puis éclater en pleurs quand elle découvrit l'irréparable. Elle fut la première, après moi, à faire son entrée dans la pièce où gisait mon ami. Quel choc pour elle, qui venait à peine de se joindre à la famille Rivard.

Aussitôt, le reste des enfants et des adultes fut alerté. M. et Mme Rivard ont accouru jusqu'au corps inanimé pour porter secours à Sylvain. Devant nos mines interloquées, ils se sont empressés autour de notre ami et ont tenté l'impossible. Toutes les manœuvres de réanimation ont été vaines. Sylvain avait rendu l'âme. Sa vie s'était évanouie. La mort l'avait frappé, ce qui allait plonger la maisonnée dans un profond chamboulement.

Entre-temps, Mme Rivard avait appelé les policiers et les ambulanciers, qui tardaient à arriver. L'attente des secours m'a semblé durer une éternité. Sous le regard médusé des enfants, Mme Rivard et son mari ont été pris d'une crise de panique. Ils couraient dans tous les sens. Ils connaissaient les conséquences d'un tel événement sur l'avenir du foyer d'accueil.

Soudain, Francine a tendu ses mains et nous a invités à former un grand cercle autour du corps de Sylvain. Ensemble, nous avons prié fort, sans même dissimuler notre fol espoir de le faire revenir parmi nous ; mais nos illusions se sont vite dissipées.

Le chaos

Du haut de l'escalier, où je m'étais réfugié depuis ma crise de larmes, j'observais en solitaire la scène qui se déroulait sous mes yeux. Je préférais m'isoler dans mon imaginaire pour éviter de chavirer et de couler. Je savais foncièrement que la vie venait de nous faire basculer dans un autre monde. Les choses ne seraient plus jamais ce qu'elles avaient été avant le drame.

Le chaos avait élu domicile dans ma tête. Je ne savais pas distinguer le vrai du faux. Je vivais un tumulte intérieur indescriptible ; un état nouveau pour moi. Je n'avais jamais été exposé à une tragédie semblable, qui me paraissait sans issue. Les mots ne venaient plus jusqu'à ma bouche.

J'avais l'impression qu'un manège tournait de façon ininterrompue dans mon cerveau. Il s'emballait dès que les images de la scène revenaient me hanter. Son rythme effréné ne s'arrêterait jamais, semblait-il. J'étais dans une autre réalité, celle de l'horreur de cette fin tragique. Je croyais entendre le son d'un orgue de Barbarie qui retentissait dans ma tête et qui jouait plus intensément dès que je me souvenais de ce qui venait d'arriver. Mon cœur essayait de trouver un rythme normal. Je me rapprochais dangereusement du gouffre. La folie me guettait, je pouvais y sombrer à tout moment, je le sentais viscéralement.

J'étais persuadé que, si j'avais pu formuler mon vœu convenablement, rien de tout cela ne serait arrivé. Le mauvais sort manifestait ses premiers signes et j'en détenais l'entière responsabilité. Selon moi, il ne faisait pas de doute que j'y étais pour quelque chose. Devant un tel constat, je ne savais trop quoi faire pour obtenir la rédemption et ainsi annuler l'effet dévastateur de mon inaction.

La culpabilité me rongeait intégralement. C'était insupportable à vivre ; je préférais mourir. D'ailleurs, j'étais déjà mort.

Coupable

Le sentiment de culpabilité s'est logé en moi assez tôt, comme un vieux locataire qui connaissait les aires de la maison. Aujourd'hui, quand je n'y prête pas attention, ce sentiment revient m'obséder.

Emmuré

Au loin, j'entendis enfin le hurlement des sirènes qui se rapprochait de nous. Ce son strident était à la limite du supportable. L'arrivée des ambulanciers s'était fait attendre : trente minutes de supplice. L'image de Sylvain gisant sur le sol dans une mare de sang allait demeurer dans mon esprit encore longtemps.

D'entrée de jeu, les ambulanciers ont tenté une dernière manœuvre, mais ils ont vite constaté leur impuissance. La confirmation du décès s'est faite à 13 h 20, le 12 mai 1977, jour de mon neuvième anniversaire, quelques minutes à peine après l'arrivée des secours. Ces mots prononcés avec un tel détachement, d'une façon aussi froide et neutre, m'ont fait le plus grand mal. Nous étions éprouvés, pas eux. Ils avaient un travail à exécuter ; ils le faisaient avec minutie, sans émotion. J'aurais aimé détecter chez eux un peu d'humanité, pour l'amour de Dieu !

Alors que Sylvain était transporté à l'hôpital pour qu'une autopsie soit pratiquée, les policiers, munis de leur stylo et de leur calepin, commencèrent leur interrogatoire. Une procédure normale dans les circonstances. Quand ils ont posé leur regard sur moi, j'ai bien compris que c'était à mon tour de dire ce que j'avais vu et entendu. Mais les mots me manquaient. J'étais prisonnier de ma douleur.

Le corps de Sylvain avait disparu, mais son âme était restée parmi nous. Je le ressentais avec force, c'était une évidence : l'âme existait. Autant l'idée de son absence m'était intolérable à imaginer, autant l'impression de sa présence bienveillante me réconfortait dans la peine qui m'affligeait.

Les policiers m'ont regardé droit dans les yeux. Ils m'ont exhorté à tout raconter. J'étais depuis peu pelotonné sur la chaise capitonnée, incapable de parler. Impossible de m'extirper de ma torpeur. Mon corps s'est soudainement mis à frissonner et à trembloter de partout. Je sentais monter la fièvre, des bouffées de chaleur m'envahissaient malgré mes frissons. Des gouttes de sueur de plus en plus nombreuses perlaient sur mon visage pâle. Les policiers ne semblaient pas se soucier de mon état. De leur part, aucun signe apparent de compassion. Ils avaient une enquête à boucler ; des conclusions à tirer. Point final.

Je m'étais terré au fond de mon être bien malgré moi. Pourtant, je ne demandais qu'à sortir de mon mutisme. Mais c'était au-delà de mes forces. Mon silence éveillait leurs soupçons. Ils tentaient en vain de décrypter mon attitude. Ils voulaient tout savoir, peu importe le temps qu'exigerait l'enquête.

Je sentais qu'ils m'avaient dans leur mire, et devant leur insistance, je me suis effondré en pleurs, sans retenue aucune. Voyant qu'ils ne pourraient rien obtenir de moi, ils ont poursuivi leur interrogatoire des autres convives de la fête pendant de longues heures, jusqu'à ce qu'ils puissent établir les faits et les circonstances entourant la mort de Sylvain.

Je souhaitais me réveiller de cette vision cauchemardesque pour que les choses reprennent leur cours normal. C'était mal connaître la vie. La vie est la chose la plus fragile, instable et imprévisible qui soit. Elle nous réserve l'inattendu au moment où elle juge bon de le faire. Le destin parfois nous épargne, mais cette fois-ci il nous avait frappés avec soudaineté et violence.

Alors, j'ai supplié Dieu, avec insistance, de venir me chercher. J'ai attendu impatiemment quelques minutes. Comme ce n'était pas sa volonté, mais la mienne, il a fait la sourde oreille. Je me suis senti une fois de plus abandonné en plein désarroi.

Quelques heures après le drame, Marc avait été retrouvé par les Rivard, déambulant sur le chemin qui menait à la grève, comme un désespéré. Il était encore sous l'effet du choc qu'il avait subi. Il ne cessait de clamer son innocence ; il a pleuré à chaudes larmes en apprenant que Sylvain avait rendu l'âme. La mauvaise conscience savait faire. Il s'est jeté littéralement dans les bras de Mme Rivard en lui demandant pardon.

De retour à la maison, Marc passa aux aveux, ce qui permit d'éliminer les doutes qui pesaient sur moi. Il dut répondre de ses gestes. Cette nouvelle réalité était lourde de conséquences, mais Marc ne pouvait pas encore en mesurer avec exactitude les effets sur sa vie et sur celle des autres résidents de la maison sous les arbres. Lui aussi allait avoir sous peu neuf ans.

Les policiers avaient obtenu ce qu'ils voulaient, soit un coupable, mais ce dernier ne pourrait pas être accusé puisqu'il n'était qu'un enfant et qu'il s'agissait d'un simple accident.

Laissant derrière eux une famille complètement détruite, les agents quittèrent les lieux en promettant de revenir le lendemain pour achever leur enquête. Au moment où la porte se refermait, un murmure parcourut le salon où nous étions tous réunis. Un sentiment de malaise diffus régnait dans la maison tout entière. La cuisine était devenue la scène d'un crime. Nous ne pouvions plus franchir certaines limites, tracées par des banderoles rouges au lettrage noir, qui nous empêchaient d'y accéder.

Nous nous sommes regardés. Un frisson d'indignation passa. Malgré cela, les mains de chacun, sans exception, se sont tendues les unes vers les autres pour que nous formions un grand cercle, telle une grande chaîne de solidarité. M. Rivard a prononcé les premiers mots du *Notre père*. J'étais toujours plongé dans mon silence, même si je voulais ardemment m'en extraire. Pendant de longues minutes, seule la récitation de la prière a agi comme un baume sur cette plaie encore toute fraîche.

Comme il se faisait tard et que la journée avait été interminable, il fallait aller au lit. Demain serait un autre jour. La fatalité avait sévi encore une fois et comme jamais jusqu'alors. Avec ce nouvel événement, la vie avait décidé de la route que nous devions emprunter, désormais l'un sans l'autre, sans nous demander notre consentement ou même notre avis.

L'UN SANS L'AUTRE

Sylvain manquait à l'appel. Une maille s'était défaite dans notre tricot serré. Sans lui, nous ne pouvions plus accomplir notre rituel, il s'était interrompu à jamais. Je me méfiais de cette première nuit, qui allait être interminablement longue. J'étais recroquevillé, en proie à l'effroi, dans cette chambre devenue beaucoup trop exiguë. Les murs étroits se refermaient sur moi.

Paul était aussi affecté que moi, à une seule différence près : lui, soudainement, avait choisi de parler. C'était nouveau et inhabituel. Il ne cessait de le faire pour combler le vide trop grand laissé par ce départ prématuré. Je ne prêtais pas réellement attention à ce qu'il disait ; j'avais trop de pensées désordonnées qui se bousculaient dans ma tête.

Ce soir-là, l'insomnie avait fait son nid en moi ; je savais que je serais incapable de dormir. Quant à Paul, le flot de ses confidences l'avait épuisé. Malgré les circonstances, il dormait paisiblement.

Soudain, j'aperçus par la fenêtre de notre chambre, que la fraîcheur de la mi-mai avait givrée partiellement, un scintillement au loin qui luisait dans l'obscurité. Ça m'est apparu comme par enchantement, tel un souhait enfin exaucé. Intrigué, j'écarquillai les yeux pour mieux voir. J'ai d'abord cru être victime d'un mirage; comme la journée avait été particulièrement éprouvante, tout pouvait survenir, y compris les hallucinations. Pourtant, ça semblait bien réel.

Peu importe ce que c'était, cette lumière intense était devenue mon étoile; celle que je devais suivre et qui allait me guider. Je me mis à la fixer, droit devant moi, comme un objectif à atteindre. J'avais besoin de croire, d'espérer encore. Et si c'était Sylvain qui me faisait un signe?

Aux petites heures, alors que j'allais enfin trouver le sommeil, Francine est entrée sur la pointe des pieds. Elle était à demi éclairée par la pleine lune. Elle est venue vers moi, pour ensuite s'agenouiller près de mon lit. J'ai fait semblant de dormir. Elle m'a recouvert d'une couverture chaude; elle m'a murmuré quelques mots à peine audibles, puis elle m'a embrassé.

Survivre

J'avais envie que la journée traîne en longueur. Dans ma chambre, où je flânais depuis mon réveil, j'étais incapable d'envisager l'ampleur de mon malheur et toutes les éventualités, toutes les conséquences que la mort accidentelle de Sylvain aurait sur nos vies. Le temps ne me permettait pas de m'étendre plus longuement sur la question puisqu'il fallait aider aux préparatifs des funérailles, processus dans lequel nous nous étions engagés la veille dans un esprit de solidarité.

Je croyais que la nuit m'aurait aidé à dissiper une partie de ma peine, mais non. J'étais toujours ébranlé par le départ prématuré de Sylvain. En fait, j'étais complètement dévasté. Je me sentais déraciné. C'était la première fois que je devais faire face à une situation semblable. Je ne savais pas comment surmonter le deuil de mon ami. Personne ne m'avait expliqué. La mort était une voleuse de lendemains.

Je n'étais pas le seul à vivre ces émotions, nous étions tous plongés dans une profonde affliction. Chacun à sa manière, nous nous sentions un peu perdus. Nous cherchions la route à suivre sans lui. La préparation des funérailles s'est faite dans la plus grande désolation. Elle nous rappelait sans cesse que la situation était malheureusement irréversible. Nous ne pouvions imaginer arriver un jour au bout de nos peines. Il fallait aller de l'avant en dépit de la douleur de vivre.

Francine n'était plus la même depuis l'instant où tout avait basculé ; elle était comme une automate. Elle n'avait plus aucun ressort. Mais les choses devaient se faire malgré tout. Alors, Francine est allée choisir un cercueil d'une blancheur immaculée, munie de poignées robustes de couleur dorée. Comme une grande, elle a veillé au déroulement de la cérémonie dans les moindres détails. Sa mère se voyait dans l'incapacité de le faire, étant donné les accusations qui pesaient contre son mari et elle et les menaces de fermeture du foyer qui se confirmaient alors que les heures avançaient.

LE CIEL ÉTOILÉ

La chambre était bien vide sans Sylvain. Elle me paraissait beaucoup trop grande depuis son départ, pourtant nous étions entassés les uns sur les autres.

Paul était incapable de marcher droit depuis la mort de notre ami. Il progressait à petits pas chancelants. Il perdait pied à tout moment et n'avait plus le sens de l'équilibre. Un choc post-traumatique, disaient les médecins. Il ne voulait plus avancer seul. Heureusement, ça n'a duré que quelques jours.

La quatrième nuit sans notre ami, Paul était là, devant moi, étendu sur son lit à moitié défait, dans un pyjama beaucoup trop petit pour lui, à fixer l'horizon sans objectif précis. Il était perdu dans ses pensées. Je trouvais qu'il y était depuis trop longtemps. Pour l'extirper de cet état qui m'inquiétait et par peur qu'il y sombre davantage, je me suis mis à lui poser des questions de plus en plus envahissantes. Autant la veille, ça m'importait peu, ce qu'il me racontait, autant ce soir-là, je voulais l'entendre me parler et me dire ce qu'il ressentait au plus profond de lui.

Il restait passif et insensible à mon interrogatoire jusqu'à ce qu'il daigne finalement me répondre, les yeux gonflés d'avoir trop pleuré. Il m'a avoué qu'il craignait qu'on ne veuille plus de lui maintenant qu'il n'avait plus le pied solide et qu'il avait l'âme en peine. Je suis resté de longues minutes à réfléchir à ce qu'il venait de me confier. J'étais incapable de trouver les mots pour le rassurer. Alors, nous nous sommes tus pour le reste de la soirée. Nous avons contemplé une fois de plus le ciel étoilé à la recherche du moindre signe de Sylvain. La nuit, le ciel est plus grand.

La désolation

Une semaine après ce drame, la demeure des Rivard, qui avait si bien accueilli des jeunes privés de foyer, devait impérativement fermer ses portes. Personne n'avait vu venir la tragédie. Rien n'aurait pu éviter l'irrémédiable. Les Rivard, placés sous la surveillance du Centre des services sociaux, avaient dû s'incliner devant la fermeture de leur établissement, provoquée par cet effroyable accident. Le triste événement avait éveillé injustement des soupçons, comme l'indiquait sans équivoque le rapport de la police : « Négligence ayant causé la mort. »

Au regard de la loi, les Rivard n'étaient plus aptes à tenir un établissement hébergeant de jeunes orphelins. Les jours qui suivirent furent un véritable branle-bas de combat. Sept enfants étaient en quête d'une famille d'accueil. J'étais le seul qui allait avoir droit à une vraie famille d'adoption. Je me suis longtemps demandé pourquoi.

La maison sous les arbres, où jadis le bonheur jaillissait de partout, était plongée soudainement dans une profonde désolation. Elle était devenue une maison grise. C'était le grand dérangement.

Chacun dans sa peine était affairé à préparer son départ vers l'inconnu. J'avais de la difficulté à concevoir cette réalité. Je ne me voyais pas partir de nouveau pour un ailleurs que je ne connaissais pas encore. Je n'en avais pas la force.

Les racontars

C'est à travers le brouhaha du va-et-vient incessant du matin que j'ai entendu les Rivard parler à mots couverts des racontars propagés par certains villageois à l'âme peu charitable. Les ragots de toutes sortes se multipliaient rapidement dans le village. Les gens étaient sévères à l'égard du couple Rivard.

Pour certains, les Rivard étaient responsables de la mort de Sylvain. Selon eux, ils auraient dû mieux prendre soin des enfants qui leur étaient confiés en les surveillant davantage. Ils étaient traités comme de vrais parias. Ils n'osaient plus sortir par peur d'attiser la vindicte publique et d'envenimer la situation déjà suffisamment tendue. La famille vivait dorénavant dans le déshonneur.

Les abominables calomnies répandues avaient commencé à miner les Rivard. Leur départ du village, sitôt après l'enterrement de Sylvain, était devenu inévitable.

Des pleurs dans la pluie

Le 19 mai 1977, cela faisait vingt-quatre heures que la pluie tombait violemment et sans interruption. Le ciel zébré d'éclairs grondait, comme en colère. La mer houleuse retenait les pêcheurs au village. Un marin téméraire et insouciant s'était quand même aventuré au large ; son bateau roulait et tanguait. Le village était sur un pied d'alerte. Les villageois observaient la scène avec consternation. Ils lui prêtèrent main-forte et rapidement, il revint sur les berges en toute sécurité.

Un vent glacial commençait à souffler avec violence. La tempête allait bientôt s'abattre sur nous. On se serait cru en novembre. Ce qui rendait cette journée de funérailles encore plus éprouvante. Cramponnant leurs parapluies noirs à deux mains, les aînés qui vivaient dans les parages s'étaient agglutinés sur le parvis de l'église. Allions-nous pouvoir tenir bon jusqu'à la fin des cérémonies ?

Nous étions six enfants pour porter le cercueil jusqu'à l'autel, qui nous semblait être situé au bout du monde. Pourtant, nous n'étions qu'à quelques mètres de là.

Tout de noir vêtus, nous portions à bout de bras le petit cercueil blanc dans lequel Sylvain reposait en paix. Son poids nous semblait aussi lourd que le terrible chagrin que nous ressentions, mais nous nous interdisions de laisser voir nos émotions. Il fallait tout de même faire honneur à la mission qui nous avait été confiée et rester de glace. Malgré les nombreuses tentations de fléchir, j'acceptais le verdict ; la foi venait à mon secours.

Marc se tenait à l'écart des autres, sa culpabilité l'emprisonnait. Il s'était de nouveau enfermé dans son monde et ne voulait pas en sortir. Pourtant, personne de la famille ne lui en voulait ; chacun savait que c'était un accident. Il était désespéré. Les gens du village le jugeaient, il en était conscient ; mais ils ne connaissaient pas toute l'histoire. Ils n'ont jamais demandé à savoir ce qui s'était réellement passé lors de cette fameuse journée où Sylvain a trouvé la mort.

Nos pieds foulaient le gravier encore gelé de l'allée. La marche vers l'église imposait la solennité. Il fallait suivre la cadence pour éviter les faux pas. J'avais le cœur serré et la gorge nouée par cette épreuve. Je n'étais pas le seul. Personne n'osait se regarder de peur de voir le chagrin de l'autre, mais nous l'entendions.

Une fanfare battait la mesure avec insistance. La cacophonie de la musique mêlée aux pleurs m'était devenue intolérable. J'étais incapable de trouver un recoin inexploré dans ma tête pour m'y réfugier. Tout l'espace était occupé.

Je devais me tenir bien droit et fixer devant sans même jeter un coup d'œil en arrière. « Ce qui est passé est passé », me répétait sans cesse Mme Rivard depuis quelques jours, pour m'aider à me concentrer sur l'avenir. J'en étais totalement incapable, malgré toute ma bonne volonté. À force de persévérance, nous nous sommes rendus à l'autel.

La cérémonie religieuse était empreinte d'une profonde tristesse. Elle semblait s'éterniser pour les fidèles réunis dans l'église bondée. Le vent heurtait avec force les vitraux et les portes massives de la cathédrale. Ça faisait un vacarme d'enfer qui nous empêchait d'entendre toutes les paroles de l'Évangile. Dès les premières notes jouées à l'orgue de l'*Ave Maria* de Schubert, la foule a fondu en larmes, moi aussi. Plus rien ne pouvait nous arrêter.

Nous avons dû reprendre un semblant de contrôle sur nos émotions, nous ressaisir du mieux que nous pouvions pour ramener Sylvain vers la sortie de l'église. Et c'est sous un tonnerre d'applaudissements que nous nous sommes dirigés dehors. C'était un moment émouvant. Je savais que Sylvain aurait été fier de lui, s'il avait été applaudi de la sorte de son vivant. J'étais certain qu'il l'entendait, là où il était. La marche funèbre s'est faite avec retenue jusqu'à la fin.

Inachevé et imparfait

La violence du *squall* avait empêché la mise en terre de Sylvain ; ce qui laissait en chacun de nous un sentiment étrange. Le cérémonial restait inachevé et imparfait. Les adieux se sont interrompus d'une manière brutale, à l'instar de la mort de Sylvain. Je devais me soumettre aux forces de la nature. Le retour à la demeure s'est fait dans un silence éloquent.

Une dernière fois

Pour la dernière fois avant de nous séparer, nous nous sommes attablés, les enfants d'un côté et, à l'autre extrémité de la table, M. et Mme Rivard, anéantis et consternés, dans la salle à manger adjacente à la cuisine, où avait eu lieu le drame. Nous avons échangé pendant une bonne heure. Un dernier repas où nous nous sommes parlé et fait des confidences sur ce qui venait de se dérouler et sur ce qui allait suivre lorsque nous vivrions les uns sans les autres. Cet instant privilégié, je l'ai rangé soigneusement dans ma boîte à caresses.

Quitter

Mon départ était proche. Je me tenais bien sagement pour faire bonne impression au moment où je rencontrerais mes parents adoptifs, qui m'attendaient impatiemment. Une famille m'avait choisi en voyant ma photographie. Je devais me réjouir de la tournure inespérée des événements. Il aurait été malvenu de me plaindre. Malgré cela, je me sentais encore coupable à l'égard des autres, parce que j'étais le seul élu.

Certains enfants étaient jaloux et envieux du privilège que j'avais de partir avec une famille d'adoption. La chance frappait enfin à ma porte. Pour une fois qu'elle avait envie de faire ma connaissance, je n'allais sûrement pas la laisser filer. Néanmoins, je serrais les poings, prêt pour les combats qui allaient jalonner dorénavant ma vie et en marquer le tracé.

Les représentants des nouvelles familles d'accueil étaient arrivés à la demeure des Rivard et attendaient de pouvoir repartir avec les enfants qui leur étaient confiés. Chacun d'entre nous allait partir ailleurs, sans connaître la destination finale. Nous étions sept jeunes naufragés à la dérive. Aucune bouée en vue. Où allions-nous échouer ?

Chronique d'une catastrophe annoncée pour certains d'entre nous.

Il faisait froid dans nos cœurs. La fin de cette période bénie chez les Rivard approchait. Nous voulions feindre l'indifférence mais nous étions trop perturbés pour y parvenir réellement.

Au moment des adieux, l'anxiété était palpable dans la maison. Personne ne voulait que cet instant arrive ; nous l'avons étiré jusqu'à la limite du possible.

À tour de rôle, les enfants quittaient les lieux dans un cérémonial bien orchestré par Mme Rivard. Pour ne pas sombrer dans une profonde dépression, celle-ci avait pris bien soin d'étouffer ses sentiments. Les départs s'échelonnèrent sur une période de plusieurs heures, ce qui rendit l'expérience interminablement longue et affreusement pathétique. Personne n'osait regarder celui qui partait. Il faut savoir se protéger contre la douleur. Nous voulions éviter les pleurs inutiles qui n'auraient qu'accentué notre peine.

Je profitai de cette longue attente pour faire l'inventaire de mes souvenirs ; tout me revint progressivement. Je les détachai un à un de ma mémoire, sans la moindre trace d'amertume, pour survivre. Ce que j'avais vécu dans ce refuge s'évanouissait au fil des départs. J'attendais mon tour, il allait bien venir. Mais j'étais tout désemparé à l'idée de partir loin des Rivard, avec des étrangers de surcroît. Je devais repartir à zéro.

Paul a été l'avant-dernier à quitter les lieux. La dernière scène nous réunissant fut déchirante. Nous ne voulions pas nous laisser. Mais la vie en avait décidé autrement. Il m'a regardé droit dans les yeux, avec une détresse poignante ; il m'a supplié d'écouter sa requête. Il voulait venir avec moi dans ma nouvelle famille.

Je l'ai apaisé du mieux que j'ai pu en lui promettant que nous nous reverrions un jour. Je l'ai regardé partir dans son fauteuil roulant jusqu'à la porte d'entrée : il était incapable de tenir solidement sur ses deux jambes. Ces états de paralysie partielle revenaient de temps à autre le clouer sur son fauteuil depuis l'événement fatidique. J'ai retenu mes larmes le plus longtemps possible, mais j'ai finalement flanché.

Des bonbons

Un homme et une femme dans la trentaine m'ont approché doucement, pour ne pas effaroucher l'animal sauvage et blessé qui sommeillait en moi. Ils ont fait preuve d'une grande gentillesse à mon égard et d'une délicatesse sans nom. La femme avait tout compris de mon état. Quant à l'homme, il avait de bonnes manières, mais elles me paraissaient fausses. Je me méfiais de cette amabilité à outrance. Au premier regard qu'il avait jeté dans ma direction, il avait suscité chez moi une vive réaction. Elle me rappelait celle que j'avais eue lors de ma première rencontre avec M. Surprenant. Mais je découvrirais plus tard que, dans ce cas-ci, je m'étais trompé sur son compte.

Yves observait le tout du haut de mon perchoir; il s'était mis en retrait à l'étage afin de savourer notre détresse.

Mon tour était arrivé. J'étais le dernier à m'en aller. J'avais soigneusement inspecté toutes les pièces de la maison et je n'avais trouvé aucune trace de Francine. Elle était mon rivage, j'étais l'échouage. J'avais voulu attendre le moment opportun pour lui avouer ce que je ressentais pour elle, mais il était trop tard.

Jusqu'à la toute dernière minute avant de partir, j'ai entretenu le fol espoir de la voir apparaître, comme par enchantement. Je l'ai attendue jusqu'à l'instant ultime, le cœur serré. L'attente m'avait plongé davantage dans l'isolement; toutes mes illusions s'étaient envolées.

Hélas, Francine ne s'est jamais présentée pour me faire ses adieux. Il m'a fallu partir sans pouvoir lui dire ce que j'éprouvais pour elle. Pour m'encourager, les Rivard me promirent que Francine viendrait me rendre visite dans ma nouvelle demeure. J'ai compris beaucoup trop tard que ce n'étaient que des promesses mensongères. Mes parents adoptifs m'ont offert des bonbons pour me faire oublier ce triste moment à vivre. Rien pourtant ne pouvait remplir le vide créé par son absence.

Les Rivard et moi nous sommes enlacés une dernière fois avant que je m'en aille pour de bon. Après m'être dépris de leur étreinte, c'est d'un pas décidé que j'ai franchi le seuil de la porte d'entrée. J'ai refermé celle-ci derrière moi et, par mesure de survie, je ne me suis plus jamais retourné.

Sans elle

Le chemin en « gravelle » qui menait jusqu'à la gare de Gaspé était long et cahoteux. Partager l'espace restreint de la voiture avec deux inconnus était une chose inhabituelle et ardue pour moi. Malgré cela, je devais faire un effort, faire semblant d'être heureux et exprimer ma gratitude en reconnaissant la chance que j'avais d'avoir des parents à moi. C'est à partir de là que j'ai appris à cacher mes sentiments véritables.

J'imaginais mal partager ma vie avec eux, surtout sans Francine, Sylvain et Paul. Je devais m'y faire, ce serait ça, ma vie. Au cours des premières heures partagées avec eux, j'étais totalement incapable de leur adresser la parole et j'avais peine à répondre à leurs questions pourtant anodines ; j'éprouvais une sensation de gêne.

Je me demandais pourquoi Francine s'était éclipsée à l'instant précis où je quittais définitivement, comme les autres enfants, la maison sous les arbres des Rivard. Ça ne lui ressemblait pas du tout. J'aurais tant eu besoin de me blottir contre elle une dernière fois avant de m'en aller pour de bon. J'aurais souhaité humer de nouveau son odeur pour l'emprisonner en moi. Nous étions si proches l'un de l'autre, presque indissociables.

Son absence inexpliquée commençait vraiment à m'obséder ; cela m'avait plongé dans une grande détresse, moi qui voulais lui avouer mon amour.

Dans ma tête, je me repassais en boucle le film des dernières heures qui s'étaient écoulées chez les Rivard pour essayer de mieux comprendre ce qui avait bien pu se produire d'assez important pour l'empêcher de venir à ma rencontre.

Je crois encore que sa fuite était intimement liée au départ prématuré de Sylvain ; nous étions tous dans un triste état après avoir assisté à ses obsèques. Tout au long de la cérémonie, j'avais entendu Francine sangloter ; elle était détruite. Elle connaissait mieux que quiconque les conséquences néfastes d'un tel événement sur son avenir. À la sortie de l'église, elle s'était engouffrée seule dans la voiture de son père et elle s'était réfugiée elle aussi dans un mutisme complet.

PROCHAINE DESTINATION

Nous sommes arrivés de justesse. Nous avons sauté dans le dernier train pour Québec. Un voyage d'une douzaine d'heures coupé par deux escales, l'une à Mont-Joli et l'autre à Rivière-du-Loup.

J'étais enfermé dans une minuscule cabine de l'interminable convoi de wagons qui roulait en direction de Québec. À travers les immenses fenêtres, je jetai un dernier regard préoccupé sur ma vie passée, qui défilait aussi vite que le paysage. La nostalgie m'habitait. Fort heureusement, le bruit strident du train sur les rails m'enivrait, l'odeur du charbon qui s'échappait de la cheminée embaumait l'air et le mouvement me berçait, ce qui me procurait une sorte de répit. Ma passion pour les trains est née de ce voyage.

Pendant le long voyage qui s'étira jusqu'au lendemain matin, j'ai lancé quelques regards fuyants à mes nouveaux parents, je leur ai adressé de rares paroles et quelques formules de politesse propres aux circonstances. Rien de bien encourageant pour eux. Dans les faits, je ne leur donnais pas la chance de m'apprivoiser. J'étais sur mes gardes. Ils firent de nombreuses tentatives pour m'inciter à parler, mais en vain. Je gardais obstinément le silence. La tristesse des adieux que je venais de vivre m'empêchait de parler. J'avais choisi de m'enfermer dans mon cocon, de me raconter une histoire pour éviter de vivre la mienne, trop difficile. Ce repli était ma seule protection.

Mme Dubreuil, charmante comme tout, me regardait avec amabilité et me souriait constamment. J'aimais son sourire attendrissant et sincère. De son côté, celui qui allait devenir mon père était plutôt incommodé par mon attitude presque désobligeante ; il ne savait pas trop comment réagir. Voyant que je refusais de répondre à toutes leurs approches, il s'est réfugié dans les pages de son journal. Tous deux étaient dépassés par les événements, mais ils ne semblaient pas décidés à abandonner la partie pour autant.

Quand nous nous sommes attablés dans le wagon-restaurant, j'étais incapable de les regarder dans les yeux, même s'il m'arrivait de croiser brièvement leurs regards. Eux, ils me parlaient de tout et de rien. Moi, j'esquissais un demi-sourire. J'acquiesçais d'un hochement de tête en guise de réponse à leurs propos.

Mon premier repas en famille dans le train se termina par des vomissements tant j'étais inquiet devant l'inconnu. Ma nouvelle mère profita de cette occasion pour se rapprocher de moi. Elle réussit partiellement à le faire ; j'acceptai de me laisser aimer. Elle prit soin de moi, s'assurant que je m'alimente bien au cours du voyage, veillant sur moi.

Nous avons fait une première escale d'une heure à Mont-Joli après huit heures de voyage. Nous étions dans la noirceur. La peur se tenait pas très loin de moi. Seuls la pleine lune et quelques lampadaires épars éclairaient la gare. Un changement de train était prévu. L'attente s'est faite dans un certain malaise; rien d'important n'a été dit. Mais, de temps à autre, j'acceptais qu'elle me prenne la main, ce qui semblait la réjouir. Je me laissais prendre au jeu. Ses mains étaient douces. Ma peine s'était un peu estompée.

Le nouveau train est entré en gare avec deux heures de retard. Nous avons procédé à l'embarquement. Il y avait trois heures encore à faire avant la deuxième escale à Rivière-du-Loup. Je guettais nerveusement le moment où le jour se lèverait enfin. Je n'avais pas encore trouvé le sommeil. Ce qui ne m'avait pas empêché de le simuler un certain temps; ce n'était pas la première fois. De cette façon, j'avais un peu de répit.

Croyant que je dormais profondément, ma mère confiait ses craintes à mon père. Elle appréhendait de ne pas réussir à créer un lien véritable avec moi, comme celui qu'elle entretenait avec sa propre fille, Marie-Ange. Mon père s'est tout de suite montré rassurant sur la question en lui disant que le temps permettrait de jeter les bases solides de notre nouvelle relation. Ça me touchait de l'entendre parler ainsi de moi, de nous.

Dernière escale à Rivière-du-Loup avant l'arrivée prévue aux aurores à Québec. Quelques minutes avaient suffi pour laisser descendre des passagers et en laisser monter d'autres. C'est alors que mes parents adoptifs se décidèrent à tenter l'ultime rapprochement, sachant que le temps était compté avant l'arrêt final, à la gare centrale du Vieux-Québec. Ils devaient essayer d'établir des liens plus chaleureux avec moi avant de me présenter au reste de la famille. Peine perdue, je restais tout aussi fermé.

Toute la durée du trajet, j'avais préféré me terrer dans mes pensées plutôt que d'échanger avec eux. Il leur avait été impossible de m'extirper réellement de mon apathie. Nous sommes enfin arrivés à destination, sous un soleil ardent, avec quelques heures de retard. Les événements de la veille étaient inscrits en moi. Il m'a fallu un certain temps avant de pouvoir poursuivre ma vie normalement sans que je me sente pourchassé par ces souvenirs.

Dans la foule

La gare centrale de Québec était bondée à cette heure matinale. Le murmure des conversations des gens bourdonnait à mes oreilles et s'entremêlait aux klaxons des voitures. L'émerveillement s'empara soudainement de moi. Tout était nouveau. Mes yeux se sont ouverts démesurément pour mieux voir le grand monde dans la grande ville. C'était pareil aux images que j'avais admirées dans le téléviseur des Rivard. Jamais je n'avais vu autant de monde réuni dans un même lieu. Une partie de mon être était intimidée par l'expérience et l'autre était intriguée par tout ce qui s'animait sous mes yeux.

Je fus envahi d'une telle émotion que j'eus du mal à la contenir. Quelques larmes ont commencé à couler sur mes joues ; je me suis empressé de les essuyer. J'étais capable de grands épanchements. Ce matin-là ne faisait pas exception à la règle. Mais je ne voulais pas attirer les regards ; je souhaitais plutôt me fondre dans la foule.

Mes nouveaux parents prenaient un réel plaisir à me voir réagir de la sorte. Nous échangeâmes finalement quelques regards complices, alors que je contemplais les lieux. J'allais d'étonnement en étonnement. Tout attirait mon attention et suscitait ma curiosité.

J'ai pris de grandes bouffées d'air, comme je le faisais à l'époque des Bilodeau, une façon pour moi d'emmagasiner les impressions de ce moment, quand, tout à coup, j'ai eu l'impression de humer des effluves du parfum de ma mère. Complètement grisé, j'étais de plus en plus stupéfait. Je ne comprenais plus rien. Il y avait longtemps que Baby blue avait perdu l'odeur de ma mère. Mais d'où venait-elle ? J'étais curieux de le savoir. Et si ma mère se tenait parmi la foule ?

Je me mis à renifler partout où je pouvais, sous l'œil intrigué et suspicieux de mon père, pour flairer l'odeur en question. Malheureusement, les voitures circulant autour de nous dégageaient des vapeurs toxiques de gazoline qui brouillèrent littéralement les pistes. J'étais tout chaviré par cette histoire de parfum. Je savais que je ne l'avais pas imaginée.

Les trois sœurs de ma nouvelle mère étaient venues à notre rencontre. Elles attendaient sur le quai, à quelques mètres seulement de nous. Vint l'instant des présentations et des embrassades, tout cela malgré la gêne que chacun éprouvait. Seule Éva, la plus jeune d'entre elles, restait en retrait en esquissant un petit sourire de rien du tout. Apparemment, elle était plus réservée que les autres. Ma mère m'avait prévenu pour que je n'en sois pas froissé.

Les belles sœurs

Deux de mes trois nouvelles tantes maternelles avaient des personnalités flamboyantes. Elles répandaient la joie de vivre sur leur passage. Évangéline et Marguerite portaient des accoutrements bizarres aux couleurs vives et tapageuses, qui sortaient des normes de leur village d'origine. Au fil des ans, elles en étaient venues à s'assumer pleinement. Ça m'amusait de côtoyer ainsi l'extravagance.

Tous les villageois les connaissaient ; elles étaient grandement appréciées pour leur implication sociale quand venait le temps des festivités annuelles du village de Sainte-Pétronille. Elles avaient le sens de la fête.

Chacune des filles avait son histoire bien à elle. Évangéline, trente et un ans, vieille fille depuis toujours, avait en quelque sorte fait son deuil des hommes dans sa vie, malgré quelques flirts ici et là qui avaient parfois pu lui donner l'espoir d'un mariage. Elle avait passé une grande partie de sa vie chez ses parents. Elle travaillait à l'usine de transformation du poisson du coin depuis son adolescence. Elle n'attendait pas grand-chose de la vie. Elle était tout simplement heureuse de vivre.

Marguerite, vingt-huit ans, après cinq ans de veuvage, avait peur de trouver l'amour et de le perdre à nouveau. Son homme, elle le connaissait depuis sa tendre enfance. Après un repas qui avait dégénéré en beuverie, il s'était mis au volant et avait perdu la maîtrise de son véhicule. Il avait percuté un poteau électrique aux abords de la route principale ; il était mort sous l'impact. Ce soir-là, elle aurait dû être avec lui dans la voiture, mais au dernier moment, elle avait décidé de marcher. Depuis cet accident, elle croyait qu'il lui fallait toujours en faire plus pour mériter la chance qu'elle avait d'être en vie : le syndrome du survivant.

Quant à Éva, vingt-six ans, la plus discrète des quatre filles, elle venait de défroquer, après des années dans les ordres. Elle avait rejoint une congrégation de religieuses de Québec à l'âge de dix-sept ans après un départ précipité pour la grande ville. Personne n'avait compris son attirance pour la vocation religieuse. Revenue dans son village depuis quelques semaines seulement, elle était décidée à refaire sa vie autrement. De ses années au couvent, elle avait conservé un certain mysticisme. C'était une entreprise hasardeuse que de vouloir en savoir davantage sur elle, elle était complètement hermétique.

Depuis peu, les trois sœurs vivaient ensemble à quelques pas de leur mère, dans la maison qui les avait vu naître. Aucune d'entre elles n'avait d'enfant.

LA CONFIDENTE

Mariette Dubois, ma mère, était l'aînée de sa famille, composée exclusivement de filles. Elle était la plus raisonnable de la tribu. La confidente par excellence, celle à qui on dit tout et qui ne dévoile rien. Elle savait garder les secrets, c'est la raison pour laquelle elle en connaissait autant. Ma mère chantait toujours pour chasser l'ennui.

Elle était très habile de ses mains. Elle était capable de tout faire, au grand dam d'Évangéline et de Marguerite, qui ne savaient rien faire d'autre que s'amuser et placoter. Elle pouvait passer des heures à tricoter un pull, à coudre une courtepointe, à rapiécer du linge ou à repasser à la pattemouille, comme le faisait sa mère, sans montrer le moindre signe d'impatience. Sa nature était ainsi faite ; c'était la bonté incarnée.

Elle s'était mariée à l'âge de dix-huit ans avec Georges Dubreuil, vingt et un ans, le célibataire le plus convoité du village voisin. Un homme d'une grande élégance, possédant l'éloquence d'un tribun, à quoi s'ajoutait un charme fou à faire fondre les glaciers. Il connaissait ses atouts et les utilisait quand venait le temps de boucler une vente. Le monde des assurances lui convenait à merveille. Sa prestance m'impressionnait.

Seule Marie-Ange était née de cette union. Elle avait douze ans au moment de mon arrivée. Quelques années après sa naissance, une fausse couche avait conduit les Dubreuil à se tourner vers l'adoption.

Mon île

Les Dubreuil ont emprunté la route qui longe l'immense Saint-Laurent pour se rendre dans leur village natal, sur l'île d'Orléans. Une toute petite heure de machine, comme disaient les tantes, pour se rendre au paradis. Elles avaient raison sur toute la ligne. Marguerite et Évangéline s'étaient jointes à nous pour le voyage, tandis qu'Éva avait préféré rouler dans sa propre voiture, en solitaire, comme toujours.

Chemin faisant, elles chantonnèrent des airs folkloriques pour détendre l'atmosphère et pour me soutirer une réaction. Elles réussirent à m'extirper un sourire complice. D'entendre toute la famille chanter me donnait envie de croire au bonheur retrouvé. J'ai enfin montré quelques manifestations de joie, malgré les circonstances et le contexte particulier, au grand soulagement de ma mère. Le trajet s'est fait en un rien de temps.

Nous sommes arrivés à Sainte-Pétronille, un village de six cents habitants qui se connaissaient tous, qui se jette à la mer lors des marées hautes. Dès les premières secondes de mon échouage sur l'île, les effluves salins ont gentiment titillé mes narines. Les cris stridents des mouettes m'ont rappelé Les Éboulements des Bilodeau. Je suis tombé sous le charme des lieux, des paysages à couper le souffle. Je les admirais sans parler. Mes yeux n'arrivaient pas à tout voir.

Une importante délégation attendait ma venue avec impatience et curiosité ; j'étais l'attraction du moment. Les membres de ma nouvelle famille se présentaient un à un. C'était un grand jour pour eux, malgré mon air médusé qui en laissait certains pantois.

DIMANCHE

Nous étions dimanche ; c'était sacré pour ma grand-mère. La seule journée de la semaine où chacun se rendait chez elle pour le grand repas champêtre, si le temps le permettait. Elle poursuivait la tradition qu'avaient instaurée ses parents. La vieille maison blanche aux volets bleus se prêtait bien à ce genre d'événements. Elle était suffisamment spacieuse pour accueillir une cinquantaine de personnes. Ma grand-mère, avec l'aide de ses filles, prenait un soin particulier à élaborer les mets qui allaient composer le menu de cet incontournable rassemblement. Toutes les décisions concernant les dimanches étaient prises dans la vieille cuisine, autour de la grande table ronde, sur un fond de musique de Claude Léveillée. Son *Frédéric* se laissait chanter en boucle, pour entamer la journée du dimanche, par ma mère et ma grand-mère. Ça aussi, c'était sacré.

Dernier combat

Quelques mois auparavant, celui qui aurait pu devenir mon grand-père était décédé. Les longues années de combats avaient eu raison d'Hector Dubois. Il avait servi son pays dans l'armée pendant plus de vingt ans, en remportant tous les honneurs et les décorations qui s'y rattachent. C'était une personne qui avait beaucoup fait pour son village au cours des dix dernières années de son existence. Mais l'usure s'était emparée de ses os et l'avait cloué au lit des mois durant jusqu'au jour où son cœur avait cessé de battre.

Sa dépouille était restée tout l'hiver dans un charnier dans l'attente de son enterrement, qui coïncidait avec mon arrivée. Ce jour-là, la terre était prête à l'accueillir. L'événement a eu lieu quelques heures seulement après ma rencontre avec ma nouvelle famille. Une journée bien spéciale se profilait devant moi. Il était hors de question de bannir tout le cérémonial, ma grand-mère y tenait. Il fallait que l'enterrement se déroule dans les règles. Une marche solennelle se préparait, fusils à la main pour les vétérans, habits de circonstance pour les autres. Ils avaient déployé tout leur attirail. Le cortège funèbre était parti de la maison pour se rendre jusqu'à l'église du village, où avaient lieu les funérailles. C'était plus qu'une impression de déjà-vu, c'était achever la célébration de la veille.

Malgré l'importance de l'événement, tous les yeux étaient tournés vers moi. J'étais comme un animal de cirque. Mes parents me présentaient à tous avec fierté. J'étais tout pour eux. Ils n'étaient rien encore pour moi. Je ne pensais qu'à revenir auprès des miens, auprès de Francine et de Paul. Pendant toute la cérémonie, j'étais assis dans les premiers rangs avec mes parents, ma sœur et mes tantes. De toute évidence, j'étais le seul à ne ressentir aucune émotion.

Ils ont procédé à la mise en terre de la dépouille de mon grand-père devant une centaine d'êtres en pleurs. C'est dans ce grand cimetière aux croix blanches qu'ils ont inhumé le vieux combattant. Il se retrouvait en terrain connu, au milieu des siens. La cornemuse joua un hymne militaire, tandis que parents, amis et vétérans s'attroupaient autour du cercueil pour les dernières prières.

La terre

Après l'ensevelissement, une fête champêtre avait été organisée. Mon regard croisa celui de ma nouvelle grand-mère maternelle, Cécile Dubois, une force de la nature. Elle avait dédié son existence à sa famille en l'absence de son homme, qui avait travaillé une grande partie de sa vie dans le bois, après son retour de l'armée.

La vieille dame, qui avait délaissé sa tenue de deuil pour une robe d'un jaune olive aux motifs prononcés, s'est avancée vers moi pour me tendre la main. Elle s'était attaché les cheveux en chignon. Quelques mèches traînaient sur son visage. Elle était belle. Un sourire se dessina sur ses lèvres. J'ai perçu en elle la tristesse de la veuve éplorée.

Nous nous sommes retirés un peu plus loin sur le domaine. Puis elle m'a invité à planter des semences avec elle. Nous avons bêché, sous un soleil de plomb, sans dire le moindre mot. Entre nous, ils étaient inutiles. La douleur liée à la perte d'un être cher avait suffi à nous unir. Nous nous étions reconnus l'un et l'autre, comme des âmes sœurs.

Son plaisir était de défricher la terre en arrachant les broussailles, les mauvaises herbes. Par la suite, elle pouvait passer de longues minutes à remuer le sol dans tous les sens, avec ses vieilles mains usées d'avoir trop travaillé, pour la rendre plus vivante. Ma grand-mère considérait que la terre avait tous les pouvoirs et voyait en elle la force de l'Homme. Elle était en parfaite symbiose avec elle. J'observais chacun de ses mouvements afin de faire exactement comme elle. Quand j'ai compris, mes mains se sont mises elles aussi à remuer la terre pour semer la vie.

En ce 20 mai 1977, j'ai planté les pousses d'un lilas, le symbole de notre relation qui allait fleurir avec le temps. J'éprouvais un vif plaisir des sens d'aimer à ce point faire quelque chose d'aussi simple. J'étais assis dans l'herbe encore mouillée par la rosée du matin auprès de cette femme en plein cœur d'un jardin fleuri aux abords du fleuve Saint-Laurent, à contempler la beauté paradisiaque des lieux, à jouir d'une journée de liberté et à apprécier la candeur, le charme des petites choses anodines de la vie, silencieusement. Seul le vent du nord se faisait entendre et venait bousculer ce moment d'accalmie; il commençait à s'intensifier avec la journée qui avançait.

Pour la première fois, et pour le plus grand bonheur de mes nouveaux parents, je souriais sincèrement; je m'ouvrais à la vie comme une fleur, grâce à l'affection inconditionnelle de cette vieille dame.

Les heures ont défilé sans que nous nous en apercevions. Personne n'a osé interrompre notre tête-à-tête. La matriarche avait su imposer ses règles, sa famille s'y était soumise sans trop se poser de questions. C'était ainsi que les choses devaient se faire.

Néanmoins, la mort de Sylvain sous mes yeux, l'absence inexpliquée de Francine le jour de mon départ et cet adieu d'une si foudroyante soudaineté m'avaient blessé profondément. J'en étais encore tout remué de l'intérieur et si fragile que je restais réservé. Je savais que ces événements en rafale avaient fait de terribles ravages en moi ; j'étais devenu méfiant face à la vie, je craignais souvent le pire. J'en avais presque oublié de profiter pleinement des instants heureux qui s'offraient à moi depuis quelques heures.

Cette journée-là, je me suis mis à observer grand-maman, j'étais aux premières loges pour la voir accepter sans broncher ce que la vie lui proposait. Elle vivait chaque moment comme si c'était la dernière fois qu'il s'inscrivait dans le temps. « Aucune chance qu'il se présente de nouveau », disait-elle d'une façon convaincue. Avec le temps, elle avait appris à aiguiser sa patience.

J'étais transporté d'admiration pour elle. Elle pouvait rester immobile pendant des heures, sans rien attendre de la vie et pourtant être heureuse en ne faisant que saisir l'instant présent. Contrairement à elle, je vivais en attendant que les choses que j'espérais se produisent. Je pensais seulement à ce qui allait suivre, à ce qui n'était pas encore arrivé. Était-ce une façon pour moi d'essayer de passer le temps jusqu'à mes dix-huit ans ?

Sans vraiment s'en rendre compte, de par son attitude, ma grand-mère m'enseignait à vivre autrement, ce qui me permettait d'entrevoir un avenir meilleur.

Alors que tous les autres s'affairaient à préparer le repas, ma grand-mère continuait à travailler la terre, en prenant un soin particulier d'en laisser couler un peu entre ses doigts. Elle m'invita du regard à faire de même, ce que je m'appliquai à faire du mieux que je pus. À force de recommencer, j'y parvins, maladroitement. Quand j'eus finalement pris confiance en moi, je l'imitai presque à la perfection. Décevoir était une de mes innombrables hantises. Me faire aimer était mon principal objectif; il en a toujours été ainsi.

Elle m'adressa un sourire qui me fit rougir de gêne. Je me suis mis à rire aux anges et nous nous sommes aimés sur-le-champ. On se comprenait sans se parler. Ce fut la naissance d'une grande histoire d'amour.

C'est à ce moment précis qu'elle me confia un souhait qu'elle caressait en silence depuis des lustres. Elle m'avoua qu'elle avait pris tout ce temps avant de le dévoiler au grand jour parce qu'elle voulait trouver la bonne personne à qui confier cette délicate mission, celle de préparer la terre à la recevoir après sa mort. Cela m'a fait un choc d'entendre une telle demande, et de devoir assumer une telle responsabilité. Je venais à peine de la rencontrer qu'elle parlait déjà de sa mort. Depuis celle de Sylvain, la mort était devenue une autre de mes obsessions. J'aurais tout fait pour l'éviter. Pourtant, ce jour-là, nous venions de mettre en terre mon grand-père. Indubitablement, la mort me poursuivait.

Ma grand-mère m'a alors expliqué l'importance pour elle de préparer la terre à la recevoir pour que son corps lui redonne vie. Telle était sa croyance profonde, d'où le rituel auquel elle m'associait. Pour elle, le sacré protégeait l'âme des impuretés. Du haut de mes neuf ans, je commençais à comprendre certaines choses de la vie et de la mort.

LA VOLEUSE DE LENDEMAINS

Quand la mort arrive, elle prend toute la place. Elle refuse obstinément de la céder. Elle s'invite, puis elle s'insinue dans tous les aspects de notre vie, comme un poison. Pendant un long moment, il n'y a qu'elle qui existe. Et puis, un beau jour, on s'aperçoit que le temps a passé ; qu'il a fait son œuvre. La douleur s'est atténuée et la blessure s'est peu à peu refermée. Pourtant, à la moindre occasion, un événement peut rouvrir la cicatrice et raviver la souffrance. Il faut rester aux aguets, on ne sait jamais quand ça peut revenir.

CHEZ NOUS

Je suis rentré tardivement dans ma nouvelle demeure, escorté fièrement par mes parents et ma sœur, après une journée riche en émotions de toutes sortes. Située à quelques pas seulement de celle de ma grand-mère, cette jolie maison toute simple, à l'image de ses propriétaires, allait bientôt s'ouvrir à moi. Dès la porte franchie, j'ai parcouru l'entrée du regard pour vite me convaincre que j'allais m'y sentir bien.

Leur maison était bien tenue, confortable, arrangée avec goût, accueillante comme eux. Pour la circonstance, ils avaient fait les choses grandement pour me plaire et pour me rendre la vie un peu plus facile, sachant par quoi j'étais passé. C'était la preuve de leur attachement.

Quelques ballons colorés dispersés ici et là faisaient office de haie d'honneur pour m'accueillir comme il se doit et m'indiquer le chemin jusqu'à ma chambre, située sur le même étage que le hall d'entrée. Tout était sur un seul niveau. Pas d'escalier en vue pour observer le monde, légère déception pour moi, mais le reste me convenait très bien.

À mon grand étonnement, ma mère eut un mouvement spontané envers moi, un élan qu'elle retenait depuis la veille. Elle m'a ouvert grands les bras, non sans une certaine appréhension de ma réaction, pour que je m'y loge. Voyant que j'étais résolu à demeurer sur mes gardes, elle me tendit aussitôt la main pour que je joigne la mienne à la sienne. Je me laissai faire sans opposer trop de résistance.

Elle m'a fait entrer en premier dans ma chambre. Pendant quelques secondes, les yeux humides, elle est restée à m'observer tandis que je me familiarisais lentement avec les lieux. Un large sourire de satisfaction a illuminé son visage. Je me suis surpris à la regarder directement et à lui faire part de mon contentement d'avoir ma propre chambre. Elle a refermé la porte en sortant de la pièce, après m'avoir signalé qu'elle était là si j'avais besoin de quoi que ce soit.

J'étais exténué et assez inquiet de ce qui allait suivre. Ma suspicion pour les bonnes choses était sans bornes, car je savais au fond de moi que celles-ci devaient prendre fin un jour. Malgré cela, je me persuadai plutôt de me laisser bercer par cet amour et apprécier cette nouvelle vie.

Comme c'était ma première nuit chez les Dubreuil, j'appréhendais un peu mes réactions. J'étais perdu, je ne m'y retrouvais plus du tout. En réalité, j'étais partagé entre une envie pressante de stabilité, que je voyais poindre enfin, et mon désir de retrouver ceux que j'aimais tant. Je me donnais la nuit pour y réfléchir, sachant très bien que je ne pouvais pas en changer l'issue. La lucidité est apparue tôt dans ma vie.

J'ai déposé ma petite valise bleue dans un coin de ma vaste chambre après avoir rangé son contenu dans les tiroirs de la vieille commode. J'ai confié Baby blue au coffre à jouets. J'ai placé ma boule de verre sur la table de chevet. Le faisceau de la lampe illuminait les personnages. J'ai remonté le mécanisme. Je me suis étendu de tout mon long sur le grand lit blanc, puis j'ai senti mon corps s'enfoncer dans les couvertures. J'ai laissé aller tout l'air contenu dans mes poumons, comme un long soupir de soulagement. Enfin chez nous. Cette fois-ci, j'espérais que ce serait la bonne.

Après quelques minutes d'une insomnie incommodante, je pus enfin m'abandonner à un profond sommeil.

Avec le temps

Ça faisait déjà quelques semaines que je partageais le quotidien des Dubreuil. Malgré de nombreuses preuves d'amour de la part de mes parents adoptifs, il m'était encore difficile d'établir avec eux un lien véritable. Je voyais bien qu'ils étaient attristés par cette réalité. Je compatissais à la peine qu'ils éprouvaient, mais ne pouvais rien faire pour y remédier.

Tout était fragile, tout pouvait s'écrouler n'importe quand. J'avais du mal à m'abandonner ; ça n'avait rien à voir avec eux. Mais c'était à moi que revenait la tâche pénible de changer les choses ; je demeurais confiant d'y parvenir un jour. Avec le temps, je savais que j'allais réussir à franchir l'étape suivante.

Le mortel ennui

Je passais de longues nuits à attendre le retour de ceux que j'avais aimés, même si cette éventualité était de plus en plus improbable. On m'avait promis que j'allais revoir un jour Francine. Je commençais à croire qu'on m'avait berné.

Ma vie passée dans la maison sous les arbres me manquait encore énormément. Je ne cessais de penser aux Rivard et à mes amis disparus. J'étais encore trop habité par mes sentiments pour Francine, Sylvain et Paul, qui resteraient toujours gravés en moi. Jamais, au grand jamais, je n'en effacerais le moindre souvenir. Je me faisais un devoir de ne pas les oublier pour les garder bien vivants dans mon cœur dans l'espoir de les retrouver un jour. Je ressentais un vide immense qu'il m'était difficile de combler.

L'ennui était malaisé à chasser. Il m'arrivait souvent de m'évader dans le monde animé et coloré de la boule de verre que Francine m'avait donnée en cadeau. C'était la façon que j'avais trouvée de me rapprocher un peu d'elle. Je remontais le mécanisme machinalement et sans interruption. J'avais les gestes d'un robot. J'étais totalement hypnotisé par la musique envoûtante du jouet et par les mouvements des personnages. En apercevant mon reflet dans la belle surface ronde, j'avais l'illusion pendant quelques secondes d'y avoir découvert un havre pour l'esprit. J'éprouvais le besoin viscéral de m'enfuir dans l'imaginaire. Cela me procurait une certaine accalmie, ce qui m'évitait les frayeurs nocturnes et le désespoir.

LA CUISINE

Au cours de mon premier été dans ma nouvelle famille, j'ai passé des journées entières dans la maison de ma grand-mère à squatter sa vieille chaise berçante. J'étais fasciné par les histoires qu'on y racontait, car même lorsqu'elles paraissaient invraisemblables, elles me permettaient d'oublier la mienne.

L'immense cuisine conviviale était le théâtre où Évangéline et Marguerite révélaient leur talent de conteuses. Elles débarquaient à tout moment avec des anecdotes truculentes, fruits du commérage. Elles avaient un sens aiguisé pour mettre en scène des fragments de la vie du village en les exagérant. Pendant que ma grand-mère s'amusait à démêler le vrai du faux de toutes ces histoires à dormir debout, j'étais suspendu aux lèvres actives de mes tantes ; de temps à autre, je pouffais de rire.

Nous passions la plupart de notre temps à préparer à manger. Elle me faisait découvrir une panoplie de desserts, mon péché capital. Nous pouvions passer des heures à les confectionner ensemble. Rien n'égalait le goût du pouding chômeur de ma grand-mère. Pour moi, la nourriture que je dévorais avec appétit était un asile sûr. Grand-maman avait compris le remède à prescrire contre la mélancolie qui m'habitait quelquefois. Aujourd'hui encore, la nourriture a le même effet sur moi.

Entre elle et moi

Dès mon réveil, je m'empressais de m'habiller pour me rendre chez ma grand-mère en courant, le cœur léger. C'était devenu un automatisme. Seule ma grand-mère était ma confidente. Je n'avais pas encore réussi à me sentir suffisamment à l'aise avec ma mère pour lui conférer cet honneur. Malgré cela, je commençais à m'attacher de plus en plus à elle ; sa grande bonté et sa patience m'incitaient à le faire sans retenue.

Étrangement, ma mère ne paraissait pas froissée par mes nombreuses escapades chez sa mère. Bien au contraire, me voir agir ainsi semblait lui procurer un immense plaisir. Elle était tout bonnement et simplement heureuse pour moi. Sa réaction m'étonnait toujours ; je croyais à tort qu'elle aurait pu se sentir un brin jalouse. C'était mal la connaître. Sa générosité lui permettait de ne pas trop s'en formaliser.

Mon cœur bondissait quand je voyais le visage de ma grand-mère qui me souriait. Rares étaient les fois où elle portait sa prothèse dentaire. Seulement pour les grandes occasions, se plaisait-elle à dire. Femme de peu de mots, c'est par de petits gestes simples et tendres qu'elle exprimait tout son amour pour moi. Mais parfois, une avalanche de paroles pouvait surgir de sa bouche, sans le moindre avertissement. Ça dépendait de ses humeurs. Lorsque cela se produisait, j'étais toujours étonné devant une telle manifestation, si inhabituelle de sa part. J'avais alors de la difficulté à tout attraper ce qu'elle me lançait à l'oreille, tellement elle bredouillait. C'est ce qui faisait tout son charme.

Elle aimait partager des souvenirs qu'elle tirait de sa mémoire encore vive. S'exprimant souvent en paraboles, elle savait qu'un jour j'allais en déchiffrer le sens et mettre en application certains enseignements qu'elle tentait subtilement de m'inculquer.

Ma grand-mère adorait la pluie. Quand le ciel déversait son trop-plein, elle laissait couler l'eau sur elle, en tendant les mains vers le ciel pour le remercier. Elle rendait grâce à la bonté divine ; c'était de la reconnaissance. Pour elle, la pluie nettoyait les maux. Elle parlait souvent de purification.

Elle pouvait passer des heures à contempler l'horizon à essayer de découvrir quelque chose de nouveau. D'une fois à l'autre, elle s'émerveillait. Elle ne laissait rien entraver son bonheur. Avec elle, aucune seconde ne se perdait, elle profitait de chacune d'elles pleinement. Elle a commencé à me montrer comment célébrer la vie plutôt que de la subir, comme j'avais eu tendance à le faire jusqu'alors. Elle m'a fait comprendre que j'avais la vie devant moi pour apprendre à l'apprécier.

Mon père

Avec mon père, les choses semblaient plus ardues. J'avais toujours la même réserve en sa présence. Ainsi, il ne voyait de moi qu'une certaine froideur, qu'un refus des épanchements et des familiarités. Pourtant, je ne demandais pas mieux qu'il devienne mon père. Mais il me fallait lui donner une chance de s'approcher de moi, si je voulais qu'un jour ce lien puisse se créer. J'avais beau essayer de faire preuve d'ouverture à son égard, j'avais du mal à me défaire de mon appréhension. J'éprouvais un certain malaise avec les hommes, ceux en position d'autorité. Mon expérience avec M. Surprenant m'avait marqué à un point tel que j'étais incapable de ne pas soupçonner le pire chez tout autre homme. M. Dubreuil n'avait toutefois pas le profil de l'emploi ; il était sincèrement attentionné avec moi. J'espérais que nos rapports iraient en s'améliorant, il en valait la peine.

La religieuse

Éva écoutait religieusement les propos pleins d'exagération de ses sœurs, en laissant échapper un rire discret ici et là, sans trop d'éclat. Emprisonnée dans ses préjugés et dans des vêtements trop sévères pour son âge, elle préférait se taire. Endoctrinée par ses années au couvent, elle avait été bien initiée aux vertus du silence ; sa mère s'en inquiétait.

Un soir frisquet d'août 1977, quelques mois à peine après mon arrivée chez les Dubreuil, malgré l'agitation habituelle de ses sœurs, Éva était perdue dans ses pensées. Assise au fond de la pièce, plus solitaire que jamais, elle s'était recroquevillée dans son fauteuil en velours noir. Elle était recouverte d'une courtepointe toute rapiécée, que ma mère lui avait confectionnée et offerte à son anniversaire. À la regarder ainsi, on devinait qu'elle portait en elle une douleur vive qui l'empêchait de se laisser aller et d'exister librement. Pourtant, malgré les efforts de ma grand-mère pour lui extorquer la vérité sur cet état, Éva préférait se taire.

Comme elle, quand ça bougeait trop dans ma vie, j'entrais en moi, telle une tortue dans sa carapace, pour me protéger de l'extérieur si je sentais venir une menace. Je pouvais la comprendre. Elle m'intriguait, et j'avais l'impression que je lui faisais le même effet. Nous nous observions en gardant une certaine distance, question de nous apprivoiser mutuellement.

Soudain, à propos d'un rien, elle s'est littéralement effondrée en larmes. C'était la première fois que j'étais témoin d'un tel trouble chez elle, que je la voyais verser sa peine. Tout s'est brusquement arrêté autour d'elle. D'un air abasourdi, nous sommes restés immobiles à l'observer longtemps sans intervenir, incapables de réagir d'une manière appropriée, tellement c'était nouveau. Après de longues secondes d'hésitation, nous nous sommes finalement approchés d'elle pour la consoler. Elle s'est laissé faire. Plusieurs minutes se sont écoulées avant qu'elle retrouve un semblant de calme.

Ma mère, sa seule complice, est arrivée sitôt que ma grand-mère l'a prévenue. Les deux sœurs, Éva et Mariette, se sont enfermées pendant un long moment; nous n'entendions que leurs murmures au loin. Personne, sauf ma mère, ne sait ce qui s'est dit. Éva affichait une certaine paix intérieure à sa sortie de la chambre de ma grand-mère.

Ce soir-là, j'ai passé une autre nuit à attendre que le jour se lève. Ça m'a donné l'occasion de réfléchir à cet événement pour mieux essayer de saisir la nature véritable d'Éva, avec qui je commençais à ressentir certaines affinités.

SOLITAIRE

L'automne venu, mes premiers jours de classe ont été moins effroyables que j'aurais cru. J'étais moins souvent victime des moqueries des élèves, comme à l'époque où je vivais chez les Surprenant. La situation m'était supportable. J'avais pris le parti de la discrétion. Je faisais en sorte d'éviter qu'on me regarde en me faufilant dans les couloirs de l'école sans laisser la moindre trace de mon passage. J'ai fait de même jusqu'à la fin de mon secondaire. Ainsi, j'ai pu être épargné des railleries.

J'étais convaincu qu'aucune relation amicale ne pouvait durer. N'avais-je pas perdu ceux que j'avais aimés dans le passé ? À quoi bon m'attacher ? J'ai eu très peu d'amis jusqu'à l'âge adulte.

Un Noël blanc

Décembre 1977. Nous étions à quelques heures de mon premier réveillon de Noël avec les Dubreuil. La nuit dehors était glaciale. Tout était recouvert de blanc. Depuis le début de novembre, il y avait eu de la neige en abondance. C'était plutôt anormal. Les conserves avaient été préparées avec soin par ma mère et ma grand-mère ; elles étaient prêtes pour les mois terribles. Le bois de chauffage était cordé le long de la maison. Le fleuve était gelé pour l'hiver.

Ce soir-là, le ciel était complètement éclairé par la lune, ronde comme la terre. La neige tombait de façon ininterrompue depuis la veille au soir. Devant moi, un imposant sapin. L'odeur chatouillait agréablement l'odorat. L'arbre de Noël trônait majestueusement dans l'immense hall d'entrée. Il brillait de tous ses feux. Mes parents avaient mis beaucoup de temps pour le rendre aussi lumineux et flamboyant. Pour eux, la période des fêtes devait être célébrée en grand, les rituels religieux, respectés à la lettre. Pour moi, ça ne revêtait pas la même importance, depuis le jour où M. Surprenant avait fait des siennes une certaine veille de

Noël. Il m'a fallu un long moment pour retrouver
la joie qu'inspire cette fête.

C'EST À MON TOUR

Le vendredi 12 mai 1978, j'allais avoir dix ans. Ça faisait des jours que j'angoissais à l'idée d'être fêté. Je voyais les Dubreuil heureux d'organiser l'événement, ils voulaient aviver l'éclat de cette journée. Je ne savais pas comment leur avouer que je portais malchance. L'année d'avant, à cause de moi, mon ami Sylvain était mort et la maison sous les arbres avait dû cesser ses activités.

Très longtemps, j'ai été persuadé que j'avais joué un rôle majeur dans ce malheur, que la malédiction divine pesait sur moi à cause de mon souhait non formulé. Elle avait fait une victime, mon meilleur ami. Quelque chose de pire pouvait encore survenir. Elle pouvait sévir n'importe quand, croyais-je fort innocemment.

À quelques heures des célébrations pour mes dix ans, j'ai pris le peu de courage qui me restait, et j'ai tout déballé à ma grand-mère, en tremblant de tout mon être. Elle était complètement éberluée de me voir dans un tel état. J'avais le sentiment d'être submergé par mes émotions. Elle a tenté de me rassurer en me parlant doucement. Elle pesait chacun de ses mots. Elle voulait me faire comprendre que je n'y étais pour rien. Mais je ne pouvais la croire sur parole. J'étais sceptique et je le suis resté longtemps. Quand je me suis enfin calmé, une bonne heure après, ma grand-mère s'est chargée de partager des bribes de mon histoire avec tout le monde. Par amour, la famille a respecté ma volonté d'annuler la fête.

En fin d'après-midi, je suis allé me réfugier dans l'église du village. J'ai écouté des chants et de la musique sacrée pour apaiser mon âme affolée. J'ai prié le ciel pour qu'il me vienne en aide. J'ai demandé à Dieu de me pardonner mes péchés. J'ai prié la Vierge et les saints d'intercéder pour moi. Ça faisait déjà un an que j'apprenais à vivre avec l'absence de Sylvain, moi qui croyais ne jamais y parvenir.

J'ai regagné la maison à la nuit tombée. Mes parents étaient morts de peur, ma grand-mère aussi. J'avais oublié de les prévenir de cette escapade improvisée qui m'avait fait le plus grand bien.

Le pardon

Ça faisait deux ans, tout au plus, que je vivais avec les Dubreuil quand j'ai appris la mort de M. Surprenant de la bouche de mon père adoptif. Quand la nouvelle s'est rendue jusqu'à moi, l'événement avait eu lieu quelques semaines auparavant. Pour ma part, ça faisait peu de temps que j'avais réussi à extirper de moi les souvenirs pénibles que j'avais de cet homme. Ils sont revenus me pourchasser sitôt l'annonce faite, avec la même intensité. Moi qui avais cru m'en être débarrassé.

M. Surprenant venait à peine d'avoir cinquante ans. J'avais appris qu'il avait décidé d'abandonner sa consommation d'alcool abusive depuis quelques années pour affronter ses démons à froid, ce qui avait été très éprouvant pour lui. Les semaines qui suivirent sa décision avaient été marquées par de grandes et longues périodes de découragement. La dépression s'était installée pour de bon, ce qui l'avait beaucoup fragilisé. Les remords faisaient surface. Mme Surprenant était restée aux côtés de son mari jusqu'à la fin, oubliant presque tout ce qu'il avait été et tout ce qui s'était passé dans cette maison.

J'avais toujours pensé que les personnes méchantes restaient en vie plus longtemps pour nous faire souffrir, mais peut-être m'étais-je trompé. Et si c'étaient elles qui souffraient davantage, minées par la culpabilité, celle qui ronge petit à petit jusqu'à ce que la personne en succombe ?

Le matin fatidique, il était tout bonnement assis dans son vieux fauteuil quand il sentit une douleur violente à la poitrine. Terrassé par un arrêt cardiaque, il s'est effondré de tout son long sur le plancher ; il ne s'est plus jamais relevé, m'a-t-on dit. Les ambulanciers auraient mis un temps fou à trouver la maison. Pendant ce temps, Mme Surprenant aurait tenté en vain de le réanimer. Ses nombreuses colères avaient sans doute usé prématurément son cœur, qui a flanché après tant de sollicitations.

M. Surprenant n'avait jamais arrêté de narguer la mort. Son jeu : essayer de la déjouer. Mais c'est elle qui avait eu le dernier mot. Elle a remporté la victoire. C'est elle qui choisit son heure, c'est son privilège absolu.

Moi qui avais secrètement souhaité que la mort l'emporte, croyant que c'était la solution à tous mes maux, maintenant que c'était chose faite, je n'étais pas en paix pour autant. J'ai été habité d'un sentiment étrange. La nouvelle de son décès m'a atteint en plein cœur et m'a attristé. Je ne m'attendais pas à réagir ainsi, d'où ma confusion. Il y avait quelque chose d'inachevé avec M. Surprenant. J'aurais tant aimé sentir qu'il était repentant pour que je puisse lui pardonner ses fautes. Quand on sait dire « Je suis désolé », c'est la rédemption.

J'avais cru à tort que la peur qui me guettait constamment allait se dissiper à jamais avec la disparition de M. Surprenant. Pourtant, les mêmes appréhensions subsistaient. J'ai vite compris que la peur ne me quitterait jamais. Elle avait fait son nid pour y rester. Je devais apprendre à cohabiter avec cette présence importune qui prenait beaucoup de place.

Bonheur passager

Des odeurs salines me sont parvenues par bouffées, me rappelant la mer des Bilodeau, avec ses marées hautes et basses. La mer a toujours eu des effets bénéfiques sur moi ; le roulement des vagues, dont mon enfance a été bercée, me calme. La vue de l'horizon lointain m'a toujours donné espoir. Ce jour-là, le ciel s'était répandu dans la mer. On n'y voyait que du bleu à perte de vue. J'avais jeté l'ancre chez les Dubreuil ; je commençais à y être à mon aise.

Un sentiment de bien-être m'a subitement envahi. Jamais je n'aurais pensé revivre des émotions semblables. Mon être tout entier s'est souvenu instantanément du temps passé dans mon ancienne famille d'accueil, les Bilodeau, ce qui m'a plongé dans un pur moment de grâce. Les pensées nostalgiques sont apparues et l'ennui s'est installé. Je me suis perdu dans le brouillard de mes souvenirs. J'en ai sélectionné quelques-uns qui m'ont fait le plus grand bien. J'avais décidé que les tristes événements des dernières années n'allaient pas écarter mes chances d'atteindre au bonheur.

La trouvaille

Le matin du 22 juillet 1980, alors que ma grand-mère était enfin seule, loin du brouhaha des conversations animées de ses filles, elle avait entrepris de raccommoder ma peluche Baby blue. Il y avait longtemps qu'elle souhaitait lui donner une cure de jouvence, mais je m'y opposais ; je ne voulais pas perdre l'âme de Baby blue dans cette opération. J'ai finalement cédé.

En changeant la bourre, ma grand-mère y avait découvert une lettre qui m'était destinée. Par respect pour moi, elle ne l'avait pas lue. Elle avait hésité avant de me remettre la missive, craignant ma réaction.

Dans l'après-midi, elle m'a tendu la lettre qu'avait écrite ma mère. Elle est restée tout près de moi. D'un mouvement lent, je l'ai décachetée avec une nervosité palpable. Je n'avais plus la pleine maîtrise de mes gestes. Je ne répondais plus de mes actes. Je faisais de mon mieux.

Une forte odeur de parfum a envahi mes narines puis, tout à coup, je l'ai reconnue : il s'agissait du parfum de ma mère. La lettre en était tout imbibée. Avant de m'intéresser à son contenu, j'ai pris tout mon temps, comme s'il ne comptait plus, pour humer la lettre, qui exhalait un délicieux arôme citronné et épicé.

J'étais ému à l'idée que ma mère fût si près de moi. Du bout des doigts, j'ai touché le papier pour découvrir sa douceur. L'encre noire était encore intacte, mais l'écriture de ma mère était difficile à déchiffrer, ses lettres n'étaient pas toutes formées et les lignes n'étaient pas égales. Ça avait dû être écrit à toute vitesse. J'ai déplié la feuille, puis j'ai commencé à lire à haute voix pour que ma grand-mère puisse bien entendre. Je ne voulais rien précipiter de ce moment pour déguster chacun des mots écrits de la main de ma mère. Ils résonnaient fort dans mon cœur.

J'ai été pris d'un mal de ventre soudain. L'émotion était trop intense pour que je puisse la contenir. Grand-maman me serra contre elle pendant de longues minutes, le temps que la douleur s'estompe. Après la lecture de la lettre de maman, j'avais le sentiment de tout comprendre. Ce mot a comblé une partie du vide que j'avais toujours senti en moi. Mon certificat de naissance était aussi dans la doublure de Baby blue. Mais ma mère avait effacé son nom volontairement.

Alors, j'ai demandé à grand-maman de remettre la lettre de ma mère dans Baby blue et de le recoudre afin que personne d'autre n'en connaisse l'existence et pour emprisonner l'odeur de la fragrance de ma mère. Je suis devenu encore plus protecteur de Baby blue parce qu'il renfermait notre secret. C'est alors que j'ai commencé à caresser l'idée de la retrouver. Quand je serais en âge de le faire, je partirais à la recherche de ma mère.

Après cette journée spéciale où j'avais eu grand-maman pour moi tout seul, un rare privilège, je suis resté à coucher. Je ne voulais parler à personne d'autre de ce que je venais de vivre, surtout pas à ma mère adoptive, de qui je craignais une vive réaction. J'avais peur qu'elle se sente menacée par la réapparition de ma mère biologique dans ma vie.

Pour me redonner du courage, ma grand-mère m'avait réchauffé une portion de son pouding chômeur. Le sucre s'était cristallisé, c'était absolument divin, j'avais l'impression de goûter au paradis. Juste avant d'aller au lit, ma grand-mère m'a confié qu'il fallait savoir accueillir chaque jour avec enthousiasme et optimisme, même si la nuit est parfois terriblement éprouvante.

Maman

Mon Olivier,

Au moment où cette lettre sera découverte, j'espère que ce sera toi qui la liras. Je tiens à ce que tu saches pourquoi j'ai pris la décision de t'abandonner.

Je t'écris d'une main qui tremble par l'émotion et j'espère que tu pourras lire mes mots. Mon cœur est souffrant. La dernière journée a été longue. Ça fait plus de vingt-quatre heures que je n'ai pas dormi. Je n'ose pas fermer l'œil; je sais qu'à mon réveil, tu ne seras plus là. Il ne me reste qu'une toute petite heure à passer avec toi. Les religieuses m'ont accordé ce rare privilège malgré la faute que j'ai commise.

Tu es là, juste à mes côtés. Tu es beau à voir. Tu dors en paix, sans te douter du destin qui sera le tien. J'en profite pour t'écrire. Il y a quelques heures que tu es né. J'ai l'impression de te connaître depuis toujours. Quand je te regarde, je me vois. Tu me ressembles tellement. Je vais toujours savoir qu'ailleurs, il y a quelqu'un qui a mes traits. Pourtant, tu as les lèvres de ton père et ses mains. Ton père, il est grand, il est fort et il est beau. Il est boxeur et il ne perd jamais. Il est marié à quelqu'un d'autre, mais je l'aime.

Notre amour secret aura duré une année seulement, jusqu'au jour où je t'ai senti dans mon ventre. J'ai dû annoncer ton existence à ma sœur aînée et lui avouer mon amour pour ton père. Ensuite, je suis allée me confesser à un prêtre. J'attends encore son pardon.

J'ai dû rompre avec ton père en lui donnant de fausses raisons. J'ai appris à mentir. J'aurais dû tout lui avouer ; le connaissant, je crois que lui, il t'aurait gardé. J'ai manqué de courage.

Aujourd'hui, ça fait sept mois que je l'ai quitté sans même lui dire que tu allais venir au monde. Ma sœur m'a empêchée de le faire. Elle a tout organisé pour que je termine ma grossesse ici, loin des miens. On a fait croire à ma mère que je partais pour un emploi.

Je n'osais pas m'attacher à toi, même si j'en avais envie. Dans mon ventre, tu bougeais rarement. Tu ne voulais sûrement pas me déranger. Tu es arrivé avec dix jours de retard. L'accouchement a duré une éternité. Tu ne voulais pas venir au monde ; je te comprends. Beaucoup de complications. Je croyais que j'allais mourir avec toi. Pour la première fois, j'ai eu peur de te perdre.

Finalement, quand j'ai vu qu'ils coupaient le cordon qui nous unissait, j'ai su que cette coupure serait définitive. Depuis, mon chagrin est insurmontable. Tu as pleuré, moi aussi, mais pour d'autres raisons. Je savais que je ne pouvais plus rien faire. Il était trop tard ; j'avais signé les papiers de ton adoption.

J'ai dix-sept ans. Je suis encore une petite fille dans le corps d'une grande. Je n'ai pas fini de grandir. J'ai encore besoin que l'on prenne soin de moi. Je ne sais pas ce que je vais faire de ma vie sans toi.

Je ne sais pas si je vais me pardonner un jour de t'avoir laissé partir. Je vais aller en parler aux reli-

gieuses après ton départ pour qu'elles me parlent de mon châtiment.

J'espère que tu vas trouver de bonnes personnes sur ta route et que ta vie sera belle.

Je t'aime et te demande pardon,

Maman

CONFIDENCES

J'entends encore M. Rivard me dire : « Quand quelqu'un te confie un secret, ouvre ton cœur, mets-le à l'intérieur, ferme à double tour et jette la clef pour le conserver précieusement pour le reste de ta vie. »

Encore aujourd'hui, on a tendance à tout me dire ; je garde soigneusement les moindres révélations à l'abri des indiscrets de ce monde. C'est une responsabilité trop importante pour que je prenne ça à la légère. Il ne faut pas faillir à la tâche. Pour moi, c'est un devoir de taire les confidences qu'une personne me livre.

LE TRAIN

Mon père adorait rouler sur les ponts couverts, il nous y amenait presque tous les dimanches après le traditionnel repas de grand-maman. J'aimais ce jour de la semaine où nous étions tous réunis. C'était un temps privilégié que j'avais appris à savourer grâce aux prodigieux conseils de ma grand-mère.

En cours de route, nous nous arrêtions sans cesse pour mieux contempler les lieux que nous connaissions pourtant par cœur, à force d'y retourner semaine après semaine. Mais le bonheur était encore intact, nous réussissions à dénicher des recoins inexplorés de l'île et des environs.

L'un de mes plaisirs coupables était de sortir de la voiture pour aller gambader dans les prés avec ma sœur. Je poussais même l'audace jusqu'à marcher sur une voie ferrée, sous son regard impressionné et admiratif. Plus je sentais qu'elle appréciait le spectacle, plus j'élevais le niveau de difficulté.

Je m'amusais à chanceler sur l'un des rails, comme un homme ivre. Je me trouvais brave, intrépide, aventureux, sachant que je courais au-devant du danger. Ce n'était pas prudent de me hasarder dans ce quartier à peine éclairé et, de surcroît, d'oser défier le train. Au loin, je l'entendais siffler. Le chauffeur signifiait son impatience par ces sifflements bruyants et répétitifs. Ça ajoutait au suspense de l'aventure et à ma motivation de poursuivre. J'attendais le dernier moment pour me retirer, sous les applaudissements nourris de ma sœur. Nous retournions à la voiture de notre père, sourire aux lèvres, comme si rien d'anormal ne s'était passé.

La peur

J'allais un peu mieux jusqu'à ce que la peur se mette à tourner encore autour de moi. Elle faisait des cercles comme un oiseau de proie. Elle m'hypnotisait. Il n'y avait plus rien à faire ; j'étais dans sa mire. Persistante et tenace, elle tentait par tous les moyens d'atteindre sa cible. J'ai pu la déjouer un certain temps en feignant l'indifférence.

Puis vint le moment où je l'ai affrontée courageusement, un peu plus tard dans ma vie. Elle avait eu une grande emprise sur moi, mais j'étais sous son joug depuis trop longtemps. Je lui ai fait face, c'était une ennemie à abattre. Je sais combien la peur peut tout dominer quand on lui laisse assez d'espace. Cette fois-là, à force de lui résister, j'ai remporté ma première victoire sur elle. Elle n'avait plus de pouvoir sur moi. J'étais fier de ma réussite. Dorénavant, il faudrait me rappeler comment agir quand elle se présenterait de nouveau, pour l'empêcher de me dominer.

La collision

J'avais quatorze ans. Un dimanche soir de novembre 1982, alors que la première neige tombait depuis l'aube, mes parents, ma sœur et moi revenions de notre traditionnelle promenade en voiture. La chaussée était humide. La noirceur était bien présente ; ma peur aussi. Assis sur la banquette arrière, j'étais inquiet devant le spectacle de mes parents qui se disputaient encore pour des questions d'argent. Occasionnellement, les Dubreuil se chamaillaient pour des riens. Depuis quelque temps, une certaine tension existait dans la maison. Ça m'insécurisait beaucoup. J'ai une profonde aversion pour les querelles de famille. J'avais peur que ça se termine mal comme chez les Surprenant. Fort heureusement, ces disputes ne portaient pas à conséquence.

Incapable de supporter plus longtemps une autre scène de ménage, je poussai un grand cri de détresse qui fit sursauter de frayeur mon père. Ma sœur, elle, se cramponna à son siège. Elle eut le réflexe de boucler sa ceinture de sécurité. L'auto amorça une courbe. Notre vitesse était trop grande. À la sortie du virage, un chevreuil sortit du bois et s'arrêta sur la route, aveuglé par les phares de la voiture. Pour éviter de le percuter de plein fouet, mon père fit une embardée. Il perdit la maîtrise de son véhicule qui fit plusieurs tonneaux avant de plonger dans un ravin. Comme je n'avais pas mis ma ceinture, j'ai été violemment projeté hors de la voiture pour atterrir plusieurs dizaines de mètres plus loin sur la chaussée.

Le choc a été brutal. Au moment de l'impact, j'étais convaincu que j'étais mort. Je gisais par terre, complètement inerte. Je ne savais plus où j'étais ni ce qui s'était réellement passé. Je ne sentais plus mes membres. J'étais en dehors de mon corps. Seulement, mes sens étaient plus aiguisés que d'habitude. Je sentais la forte odeur de gazoline qui me donnait des nausées ; j'entendais ma sœur hurler de terreur, elle était inconsolable. Mais je ne savais pas où elle était située par rapport à moi. La lumière des lampadaires se réfléchissant sur les flocons de neige qui continuaient de tomber abondamment sur nous m'aveuglait littéralement.

Mes parents ont vite accouru pour m'aider. Ils sentaient que le temps était compté. Mes signes vitaux s'affaiblissaient. J'ai cru apercevoir leur visage horrifié se pencher au-dessus de moi. Il me semble aussi les avoir entendus se reprocher cet accident dont ils se sentaient responsables. Tout ça reste un peu flou pour moi.

Étrangement, pendant quelques secondes, j'ai eu l'impression que j'avais le choix entre mourir et vivre. C'était la première fois que je me retrouvais dans une situation pareille. Ma croyance qu'on ne pouvait pas choisir le dénouement de sa vie a été réduite en poussière.

J'ai été rapidement transporté à l'hôpital, où les médecins ont constaté un traumatisme crânien, ai-je appris plus tard. J'avais sombré dans un coma profond et ma survie était assurée uniquement par des moyens artificiels.

Étais-je vivant ? Je n'arrêtais pas de me répéter cette question. Je voulais qu'on me réponde une fois pour toutes. Je me voyais étendu dans ce lit beaucoup trop grand, relié à d'énormes machines et dormant d'un sommeil profond. Je ne comprenais pas ce va-et-vient incessant dans ma chambre. Dans leurs beaux uniformes d'un blanc immaculé, des hommes et des femmes surveillaient mes moindres signes vitaux.

Au moment de l'accident, j'avais la boule de verre que Francine m'avait offerte sur les genoux. Je la cherchai du regard dans la chambre d'hôpital. Elle avait éclaté en morceaux lors de l'accident. Quelques éclats de verre s'étaient incrustés dans la chair de mon visage. Des bandages recouvraient mes plaies.

Dans la pièce adjacente se trouvaient les membres de ma famille qui étaient tous accourus à l'hôpital. Ils furent bouleversés en voyant mon état. Ils attendaient impatiemment que quelqu'un leur donne des nouvelles me concernant. Le mystère planait, les inquiétudes s'intensifiaient.

Soudain, les machines se sont affolées. Tout le monde s'est mis à courir dans tous les sens, la panique était tangible. Les alarmes retentirent et alertèrent l'étage. J'avais beau crier de toutes mes forces qu'il était inutile de s'inquiéter, manifestement, ils ne m'entendaient pas. Il m'était impossible d'entrer en communication avec eux. Cependant, rien de leurs discussions ne m'échappait. J'eus brièvement l'impression que je pouvais enfin avoir prise sur mon destin. De mon point de vue, c'était une expérience étrange à vivre. J'étais vivant et je me voyais mourir.

Un médecin grisonnant s'est approché de moi ; il a posé ses grosses mains sur ma frêle poitrine afin d'essayer de me ranimer, mais en vain. Employant les grands moyens, les infirmiers ont aussitôt activé un défibrillateur dans l'espoir de rétablir les battements de mon cœur. Quelque part, très profondément en moi, je voulais que tout s'arrête ; je résistais à toutes ces tentatives de réanimation. Je ne donnais aucun signe de vie. « Vous ne m'aurez pas ! » me disais-je. Je voulais connaître la paix et atteindre la liberté tant souhaitée. Malgré cela, je voulais aussi vivre. J'étais vraiment tiraillé. À un certain moment, il a bien fallu que je me décide.

Après d'innombrables efforts, une patience et un acharnement exemplaires du médecin et des infirmiers, ils ont finalement remporté la victoire jusqu'à la prochaine menace.

L'ESPÉRANCE

Ça faisait deux semaines que j'étais maintenu artificiellement en vie. Fait étrange, je n'avais pas dormi depuis le jour de mon accident. Je ne comprenais pas ce phénomène. Peut-être n'y avait-il rien à y comprendre. Je ne pouvais toujours pas parler à mes proches, mais je les entendais, même si les médecins prétendaient le contraire. Une fois de plus, ils venaient d'avertir ma famille qu'il était inutile d'escompter mon retour. J'aurais tellement aimé les rassurer.

Malgré cela, les membres de ma famille veillèrent sur moi jour et nuit, à tour de rôle, en espérant ardemment que je reprenne conscience. Mon corps était uniquement entouré de femmes : mes tantes, ma sœur, ma mère et ma grand-mère. Dans leurs mains fiévreuses, elles égrenaient soigneusement leurs chapelets en marmonnant des *Je vous salue Marie*, comme leur avait montré ma tante Éva. Elles gardaient l'espérance, la foi aidant. Je les voyais toutes agenouillées autour de mon lit. Je ne les avais jamais vues pleurer autant.

LE DOUTE

J'en étais à ma vingt-cinquième journée dans le coma. Plus les jours avançaient, moins les médecins conservaient d'espoir de me sauver. Pour une rare fois, j'ai vu ma grand-mère s'effondrer, pensant que je ne survivrais pas ; c'était étonnant pour quelqu'un d'aussi optimiste qu'elle. En la voyant ainsi, j'ai senti le doute germer en moi. Je commençais à me demander si j'allais sortir vivant de cette expérience.

Quand son tour de garde est venu, elle s'est glissée sous les draps et s'est allongée à mes côtés dans le petit lit étroit de l'hôpital pour le reste de la nuit. Elle m'a serré contre sa poitrine. J'ai cru l'entendre pleurer dans le creux de mon oreille. J'avais du chagrin de la voir ainsi, mais aucune larme n'est apparue. Je ne savais plus si mon état était ou non attribuable à mon imagination fertile. J'osais croire encore et encore que j'étais bel et bien en vie.

La révélation

Ce matin de décembre 1982, c'était au tour de ma mère et de ma tante Éva de veiller sur moi. La journée était terne. L'hiver était déjà particulièrement rigoureux. L'humidité s'était infiltrée dans ma chambre. Je voyais mes proches transis.

À un certain moment, j'ai entendu les infirmières parler de me débrancher, ce à quoi ma mère s'est opposée catégoriquement. J'ai essayé de toutes mes forces de les prévenir que j'étais encore en vie, en vain. J'étais perturbé par mon impuissance à changer quoi que ce soit à ma condition. Le cafard me gagnait tranquillement, je commençais à désespérer.

Pendant que ma mère me tricotait un autre chandail de laine, le sixième en moins d'un mois, sa sœur Éva ne faisait que prier en silence, un silence lourd.

Brusquement, ma mère arrêta le mouvement de sa chaise berçante. L'heure était grave, je le ressentais. Éva sembla s'inquiéter de l'air tragique de sa sœur. De manière imprévue, ma mère lui confia alors un terrible secret. Pas un instant elle n'envisagea que je puisse entendre. Elle avoua, sans même regarder sa sœur, que celle-ci était en réalité ma mère biologique. Elle s'empressa d'enchaîner les révélations, sans reprendre son souffle, de crainte qu'Éva l'empêche d'aller jusqu'au bout.

Mme Dubreuil avait fait toutes les recherches pour me retrouver et me ramener auprès de sa sœur, ma vraie mère. Elle lui expliqua qu'elle avait suivi mon parcours. Elle était de connivence avec l'une des religieuses de la crèche Saint-Jean-Baptiste de Québec, qui l'informait de temps à autre de mes allées et venues. Quand elle avait entendu parler de la fermeture de la maison d'accueil des Rivard et su qu'aucune famille ne m'était encore attribuée, elle avait fait accélérer les procédures d'adoption. Elle avait réussi à tout régler en moins d'une semaine.

La voix chevrotante, Mme Dubreuil confessa à sa sœur qu'elle se sentait coupable depuis toutes ces années et qu'elle avait honte d'avoir provoqué l'exil d'Éva dans le but de cacher sa grossesse et de l'avoir obligée à m'abandonner à la crèche, pour éviter le qu'en-dira-t-on. À l'époque, elle croyait que c'était la meilleure chose à faire pour protéger Éva de sa jeunesse.

L'éventualité de ma mort l'avait poussée à passer aux aveux beaucoup plus rapidement qu'elle avait prévu de le faire initialement. Elle voulait attendre mes dix-huit ans pour le lui annoncer. À cet instant précis, j'étais déconcerté. Je ne reconnaissais plus Mme Dubreuil.

Submergée par l'émotion, Éva est alors sortie de son mutisme pour lui poser des questions en rafale. Elle souhaitait tout savoir de mon histoire, elle qui m'avait abandonné quelques heures après ma naissance.

Éva éprouvait un mélange de sentiments ambivalents envers sa grande sœur. Moi aussi.

Elle avait rejoint les ordres pour se faire pardonner ses péchés jusqu'au jour où elle en avait eu assez de la vie cloîtrée. Entre les murs, Éva avait constaté que des secrets pourrissaient la vie de certaines religieuses. Elle n'était pas la seule à vivre dans le mensonge.

Elle a exhorté ma mère adoptive à ne rien dire, surtout pas à moi si je sortais indemne de mon coma. Son argument reposait sur le fait qu'elle voulait prendre les bonnes décisions me concernant. Comme personne d'autre que Mme Dubreuil n'était au courant, elle voulait éviter de créer une commotion dans la famille.

Mme Dubreuil s'est remise à tricoter. Éva s'est replongée dans ses prières en tenant fermement son chapelet aux gros grains dans ses mains. Elles étaient prisonnières d'une énorme peine. Deux âmes solitaires, perdues dans le même décor.

Maintenant, je pouvais comprendre pourquoi j'avais cru reconnaître l'odeur de ma mère à la gare centrale de Québec. C'était bien la sienne. J'étais chaviré. Moi qui espérais tant la retrouver, elle était là, tout près de moi. Mais j'allais peut-être mourir sans pouvoir lui parler. Mon trouble était de plus en plus grand. J'ai demandé à Dieu de me rappeler cette conversation si je me réveillais un jour de mon coma.

MIRACULÉ

Peu de temps après, de manière totalement inattendue, j'ai ouvert tout doucement mes paupières, lourdes et bouffies. Le battement de mes cils s'est fait dans un mouvement lent, comme si tout était au ralenti. L'éclairage au néon m'aveuglant, j'avais du mal à garder les yeux ouverts, mais j'ai finalement distingué mes tantes, Évangéline et Marguerite, installées très inconfortablement sur des petites chaises en métal usé. Entre leurs petites mains sagement croisées sur leur robe, elles tenaient un chapelet, qu'elles s'appliquaient à égrener, tout en récitant d'une voix susurrante des dizaines de *Je vous salue Marie*, dans l'espoir d'être entendues. Manifestement, leur foi n'avait pas été altérée par les événements.

Au moment où plus personne ne croyait à ma survie, sous le regard ébahi de mes tantes, dont c'était le tour de garde, je suis enfin sorti de mon coma, après y avoir passé plus de vingt-huit jours. Leurs réactions ont été d'une telle intensité qu'elles ont alerté tout l'hôpital en moins d'une minute. La nouvelle s'est répandue à la vitesse de l'éclair.

Je ne savais plus trop dans quel monde j'étais réellement. Maintenant que j'avais réintégré mon corps, une certaine confusion régnait; je n'avais plus la même perspective de la situation. Enfoncé dans un matelas à ressorts, endolori d'y être resté trop longtemps, j'étais lié à une multitude de machines, clignotant à mes moindres mouvements. J'éprouvais des picotements dans les jambes qui étaient plus agaçants que douloureux. Mon corps avait besoin de s'extirper de son inertie.

Affolés, tous ont accouru à mon chevet, sauf ma mère et ma tante Éva, que l'on cherchait activement pour leur annoncer la bonne nouvelle.

Les médecins et les infirmières s'empressèrent autour de moi, pour s'assurer que j'étais bel et bien revenu de mon état comateux. Je voyais leur air abasourdi et interrogateur. Pour vérifier l'étendue des dommages causés par le coma, ils m'ont assailli de questions. J'avais beau essayer de les satisfaire, ma bouche ne répondait pas à mes commandes, mais mon regard le faisait admirablement bien, assez du moins pour les rassurer. Plusieurs heures passeraient avant que je parvienne à parler.

Soudain, ma tante Éva, ma grand-mère et ma mère sont entrées dans ma chambre d'un pas décidé. Elles se sont approchées de moi d'un seul élan. Elles m'ont regardé avec attention et tendresse, m'admirant comme si j'étais une merveille de ce monde. Pour la première fois, Éva m'a caressé du regard; ma mère s'est contentée de sourire et de pousser un soupir de soulagement et ma grand-mère a marmonné une prière dans une langue que je ne connaissais pas. Elles se sont mises à pleurer à fendre l'âme.

J'avais du mal à réagir. J'étais faible. Le sommeil me gagnait. Il était temps que je dorme, que je cesse de vouloir parler à tout prix. Malgré cela, j'étais assez lucide pour voir la responsabilité qui venait avec la survivance. Selon mes croyances religieuses, je devais remercier le ciel et témoigner toute ma gratitude à Dieu de m'avoir épargné. Selon l'avis des médecins, ma survie était une énigme, pour grand-maman, j'étais un miraculé ; j'avais été gracié.

La peur m'a aussitôt regagné, comme si elle venait avec le fait d'être vivant. Une forme de détresse qui étreint le cœur, l'âme. Ayant encore en mémoire certaines informations que j'avais entendues durant mon coma, qui m'avaient terriblement secoué, j'éprouvais le besoin qu'elles me soient confirmées.

Malgré ma fatigue, le sommeil tardait à venir. J'attendais avec impatience que le jour se lève pour découvrir la vérité, à moins que la mort décide du contraire. Moi qui l'avais côtoyée de près, je savais de quoi elle était capable, cette sournoise. Ce jour-là, cela m'importait peu, j'étais vivant. Le sommeil m'a finalement emporté.

J'ai passé plusieurs jours à l'hôpital, le temps que guérissent mes multiples blessures. J'avais encore quelques cicatrices au visage et des petits morceaux de verre de ma boule qui n'avaient pu être extirpés, c'est tout ce qu'il restait du cadeau de Francine.

Pensant bien faire et me réconforter, ma mère adoptive m'avait offert une boule de verre remplie de personnages de Walt Disney pour remplacer celle offerte par Francine. Ce qu'elle ne savait pas, c'est qu'elle ne pouvait pas substituer un symbole à un autre. Francine, c'était Francine.

MÉMOIRE, MÉMOIRE

Des fragments de ce que j'avais vécu durant mon coma surgissaient de ma mémoire quelque peu défaillante, l'une des séquelles de l'accident de voiture. Malgré ces lacunes, celle-ci me permettait tout de même de revenir sur mon expérience de la mort, un état assez inusité que je crois avoir connu, du moins j'en ai une certaine impression. Je voyais des images d'une grande netteté parmi mes souvenirs un peu flous. À un instant précis, j'avais vu des silhouettes d'individus heureux, qui dansaient gaiement devant moi, avant de s'évanouir dans une lumière blanche resplendissante qui m'aveuglait. Le paradis, croyais-je en toute innocence.

Même si j'avais perdu des grands bouts des circonstances entourant mon accident, Dieu m'avait exaucé. Le souvenir de la conversation entre tante Éva et ma mère adoptive était intact, j'en avais retenu les moindres détails. Mais qu'allais-je faire avec cette révélation ? Je me donnais le temps d'y réfléchir.

MALAISE

De retour chez moi après des semaines de convalescence, j'éprouvais un trouble indéfinissable. Je ne pouvais plus supporter tous les mensonges qui avaient obscurci ma vie. Les ravages avaient été considérables dans ma confiance en Mme Dubreuil. Quelque chose s'était brisé entre nous.

En outre, mon coma avait engendré chez les Dubreuil un sentiment important de culpabilité. Jamais mes parents ne reparlaient des détails entourant l'accident, pensant que je ne me les rappelais plus. Voyant mon embarras évident, qu'ils attribuaient aux difficultés de me remettre de mon coma, ils auraient décroché la lune pour que j'oublie ce que j'avais vécu, mais c'était peine perdue.

Je ne suis plus jamais retourné me balader en voiture avec la famille, comme nous le faisions ordinairement avec bonheur et insouciance. J'avais peur de me retrouver avec mon père au volant, je ne savais trop pourquoi.

L'accident avait suscité de la révolte chez ma sœur. Son enfance s'était évanouie au moment de l'impact. C'est comme si l'enfant en elle était restée sur les lieux. Marie-Ange avait été catapultée dans le monde des grands, obligée de gagner subitement en maturité, et ce, bien malgré elle. Quelque chose en elle s'était éteint. Elle avait encore quelques marques au visage qui la gênaient. Les événements nous avaient éloignés l'un de l'autre. Elle était devenue secrète; elle gardait tout pour elle. J'étais le seul à être entouré d'autant d'attentions, vu l'état sérieux de mes blessures. Ça l'avait sûrement affectée. Je crois que les douleurs de l'âme sont souvent muettes, pourtant, ce sont celles qui font le plus mal.

Plus jamais mes parents ne se sont disputés devant moi, de peur sans doute de déclencher de vives réactions de ma part. Les non-dits s'étaient installés d'une manière définitive entre nous, rendant le climat familial pesant. Nous faisions comme si rien ne s'était passé.

De plus en plus, je me suis mis à chercher à fuir la maison, le temps que je fasse la paix en moi.

Ailleurs

J'avais envie tout simplement d'être ailleurs. Après l'école, je m'empressais d'aller rejoindre le monde merveilleux de ma grand-mère. J'attendais avec une impatience fébrile l'arrivée de mes tantes le soir, pour qu'elles me relatent avec soin les scènes du jour. Elles exagéraient l'accent des différents protagonistes pour nous amuser, et ça marchait. J'avais besoin de rire. Jamais nous ne parlions de ce qui s'était passé.

Depuis l'épisode de mon coma, Éva était songeuse. Elle se berçait en nous observant du coin de l'œil. Fréquemment, elle se perdait dans son univers, totalement coupé du nôtre. Parfois, il m'arrivait de la surprendre en train de me regarder; elle devenait rouge de gêne quand elle se faisait prendre. Je me permettais à l'occasion de scruter à distance les moindres traits de son visage pour essayer de découvrir des similitudes avec le mien. J'ai dû me rendre à l'évidence: j'avais ses yeux.

Éva ne savait pas que j'avais tout entendu des confidences échangées entre ma mère et elle. L'envie de tout lui dire me dévorait; mais quelque chose de profond à l'intérieur de moi m'empêchait encore de le faire.

Même si j'étais heureux de l'avoir retrouvée, je réalisais qu'Éva n'était pas la mère que je m'étais imaginée. Elle avait encore de vieilles habitudes intimement liées à son ancienne vocation de religieuse. Elle ne ressemblait en rien à l'image que je m'étais faite d'elle. C'était un grand désappointement de constater que les retrouvailles avec ma vraie mère, que j'avais tant espérées, ne m'apportaient pas la satisfaction escomptée. J'étais tout remué de ressentir une déception pareille. J'ai laissé le temps faire son œuvre, seul remède à tous les maux, pour qu'il atténue ce sentiment ambigu auquel j'étais confronté depuis la découverte pour le moins étonnante de l'identité de ma mère.

C'est à cette époque que j'ai commencé à travailler pour chasser la grisaille.

Mon cinéma

7 avril 1983. C'est à l'aube de mes quinze ans que j'ai eu mon premier emploi : préposé à la billetterie de la salle de cinéma du village. J'y suis allé quotidiennement, sans m'absenter un seul soir, jusqu'à mes dix-huit ans. C'était un sacerdoce, pas un boulot. J'ai aimé chaque jour que j'y ai passé.

Dans ce lieu, j'ai appris à rêver. M'identifiant aux personnages qui jouaient leur vie sur l'immense écran, je me voyais grand. J'ai vécu ma vie par leur entremise, pour un peu oublier la mienne, le temps de quelques heures. Dans ma tête, j'ai commencé à dessiner à grands traits l'ébauche de ma vie future.

C'est dans ce cinéma que j'ai passé toute mon adolescence, jusqu'à l'effacer presque. Mon visage bourgeonnait à toutes les saisons, ne m'accordant aucun répit. J'arrivais tout de même à dissimuler les défauts de ma peau en me fardant le plus discrètement possible avec le maquillage de ma sœur. La pilosité est apparue trop tôt dans ma vie, un peu avant ma puberté, ce qui donnait l'impression que j'avais cinq ans de plus.

Mme Piouze, la propriétaire des lieux, avait soixante-dix ans bien sonnés, pourtant, elle en paraissait dix de moins. La coquetterie était son fort. C'était une femme avenante, aimante et discrète, qui avait saisi, sans même que je le lui avoue, l'importance de ce travail pour moi. Elle me traitait avec beaucoup d'égards, comme un fils.

Pendant cinquante ans, elle a traversé la même rue, puisqu'elle vivait en face, pour ouvrir son théâtre, beau temps, mauvais temps. Jamais elle n'a manqué à l'appel ; sauf le jour où elle a été happée de plein fouet par un chauffeur du dimanche, alors qu'elle allait franchir le trottoir menant à son commerce. Cet accident est survenu deux semaines après mon départ, le jour de mes dix-huit ans, et l'a clouée au lit pour le reste de ses jours. Elle en est morte de chagrin.

Bien avant que je travaille pour elle, on avait aménagé une ouverture dans l'épaisseur des deux portes battantes qui séparaient la billetterie de la salle de cinéma. Par cette ouverture, je pouvais examiner le lieu, ce qui se passait dans le noir de la salle durant la projection du film. Pour avoir une meilleure vue, je grimpais sur un tabouret. Plus souvent qu'autrement, je me suis abstenu de rapporter tout ce qui se déroulait d'anormal à Mme Piouze. La réflexion de la lumière du film sur les bancs m'aidait à mieux voir, et parfois, c'était de l'ordre de l'intime.

Comme je n'étais pas en âge de regarder certains films comportant des scènes d'un érotisme torride, je me faisais confisquer mon tabouret par Mme Piouze, qui avait la volonté ferme de m'empêcher de jeter un coup d'œil sur l'interdit. Alors, je me donnais de grands airs pour faire oublier l'adolescent que j'étais. Sitôt que Mme Piouze s'affairait à ses tâches, je me juchais sur la pointe des pieds, je m'étirais le cou pour atteindre l'ouverture, et je visionnais des grandes séquences du film en m'assurant de ne pas être pris en flagrant délit.

La silencieuse

Depuis quelque temps, tante Éva ne souriait plus. Même les histoires invraisemblables de ses sœurs n'avaient plus d'effet sur elle. Dès l'aurore, elle se sauvait de la maison de grand-maman, elle s'empressait de sauter dans sa voiture pour se rendre à l'église du village assister à la messe du matin et prier. Elle pouvait y rester jusqu'au soir sans manger. Seule la réclusion comptait pour elle, comme une punition qu'elle s'imposait.

Son comportement commençait à inquiéter le reste de la famille. Ça m'attristait de la voir agir ainsi. J'avais l'impression d'y être un peu pour quelque chose. Je ne la sentais pas heureuse d'avoir retrouvé son fils. Le lien avec sa grande sœur, ma mère adoptive, semblait s'effriter de jour en jour. Aucun d'entre nous trois n'avait encore révélé le secret.

Un jour, peu de temps après mon hospitalisation, à mon retour de l'école, j'ai appris avec stupeur qu'Éva avait fui le village en pleine nuit, sans prévenir quiconque. Ce n'est que beaucoup plus tard qu'elle s'est manifestée de nouveau. Par une lettre que ma grand-mère nous a lue, annonçant qu'elle était retournée dans les ordres. Elle demandait à ce que personne ne lui rende visite, même pas ma mère adoptive, de qui elle était pourtant proche. Elle souhaitait que nous respections son silence.

Sa décision a eu l'effet d'une onde de choc dans la famille. Ma grand-mère s'est effondrée en pleurs ; je l'ai prise dans mes bras et me suis mis à la bercer, comme elle le faisait quand j'étais plus petit. Pour la première fois, elle accepta que je l'écoute et se confia à moi. Elle avait l'impression qu'elle était la cause du mal de vivre d'Éva. L'effet de son départ fut dévastateur.

En dix-huit mois, j'ai assisté impuissant au vieillissement prématuré de grand-maman. J'aurais tant voulu tout lui dire, pour éviter qu'elle se condamne, mais je n'étais pas en mesure de le faire, je n'en avais pas la force.

Le soir, quand je suis revenu à la maison de ma grand-mère, j'ai profité de l'absence des autres pour regarder de près l'écriture d'Éva sur la lettre. Je me suis vite aperçu que l'écriture était identique à celle qui était sur la lettre emprisonnée dans Baby blue. Il n'y avait plus de doute, c'était vraiment ma mère. Je me suis affalé sur le divan, bouche bée.

J'ai commencé à regretter de ne pas avoir eu le courage de tout avouer à Éva. J'ai passé des jours à m'en vouloir.

Lettre à ma mère

Je jonglais encore et toujours avec l'idée de tout lui dire, mais j'en avais été incapable jusque-là.

Un bon matin de juin 1984, alors que la ville de Québec allait accueillir les grands voiliers pour commémorer le 450e anniversaire du premier voyage de Jacques Cartier, je me suis installé au bureau de mon père, qui surplombait le fleuve, en attendant de voir apparaître ces géants de la mer. Je me suis décidé à écrire une lettre à Éva. C'était ma façon de répondre à la missive qu'elle avait dissimulée dans ma peluche.

J'ai fait plusieurs ébauches avant de réussir à jeter les premiers mots sur la feuille quadrillée, la pudeur me freinant constamment. Trop de mots se bousculaient dans mon esprit. Je devais en choisir un à la fois pour bien exprimer ma pensée. Quand j'ai achevé l'écriture de la lettre à ma mère, après en avoir déchiré et chiffonné quelques-unes, j'ai pleuré. Tout ce que je ressentais était contenu dans la lettre. Je voulais qu'elle comprenne que mon passage chez les Surprenant aurait pu me coûter la vie. Si elle ne m'avait pas abandonné, rien de tout cela ne serait arrivé. Pourtant, je n'avais pas envie de lui en vouloir, je préférais que nous rattrapions le temps perdu. Il ne me restait plus qu'à lui envoyer la lettre au couvent, ce que je ne me suis jamais résolu à faire.

LE SECRET

Le 11 septembre 1984, j'avais seize ans, j'étais en train de travailler avec grand-maman pour préparer le terrain à accueillir l'hiver. La journée avait été longue et le travail, éreintant, après plusieurs heures de dur et patient labeur; nous étions fiers d'avoir réussi à faire tout ce que nous avions planifié.

Le temps venait brusquement de changer. Il faisait un froid glacial, un froid qui traversait les couches des vêtements les plus résistants. Le vent du large soufflait les dernières feuilles des arbres. L'hiver était à nos portes, commençant déjà à s'imposer, alors que l'automne n'était même pas encore officiellement décrété. Les anciens disaient que le temps était toujours annonciateur d'un événement quelconque. Je n'arrêtais pas de penser à cette croyance populaire. La peur en profita pour s'installer confortablement en moi : elle connaissait déjà les lieux.

Au loin, les nuages noirs semblaient s'affoler, ils s'attroupaient comme si quelque chose d'important se préparait. J'étais épouvanté par ces menaces qui se dessinaient.

Grand-maman s'était assise quelques instants sur la balançoire pour se reposer un peu des activités intenses du jour. Elle avait le teint blafard, le souffle court. Elle toussait sans arrêt, une toux caverneuse qui m'inquiétait.

Soudainement, j'ai vu qu'elle était prête à s'évanouir. J'ai cru que c'était d'épuisement. Je me suis empressé de l'aider, mais en voyant son visage de plus près, j'ai vite compris que son état de santé était préoccupant. J'étais complètement paniqué, totalement impuissant devant le malaise de ma grand-mère. Son corps s'affaiblissait. Elle se mouvait avec une lenteur désespérante. Elle était molle comme de la guenille. Ses lèvres bougeaient visiblement et j'ai perçu un murmure. Avec peine, je l'ai entendue me dire de l'emmener à l'hôpital. J'ai poussé un cri de détresse qui a ameuté tout le voisinage. Toute la maisonnée est accourue jusqu'à nous pour constater l'urgence de la situation. Elle fut transportée à l'hôpital.

Ça faisait quelques jours que grand-maman se plaignait de maux de tête envahissants et de nausées omniprésentes. Je l'avais surprise à dormir en plein après-midi, ce qui était plutôt inhabituel de sa part.

Nous étions tous réunis dans la salle d'attente de l'hôpital, perdus dans nos pensées. Nous attendions avec fébrilité les résultats des examens. Pendant ce temps, Évangéline et Marguerite faisaient les cent pas. Le bruit de leurs talons aiguilles sur le plancher commençait à m'agacer.

Après des heures d'attente, au matin, deux vieux médecins se sont présentés à nous, avec un air abattu. Nous avions passé la nuit debout. Ils nous ont annoncé sans aucun détour que ma grand-mère allait mourir. Selon leur avis, il ne lui restait que trois semaines à vivre. Ils nous ont aussi avoué qu'elle connaissait la gravité de son état de santé depuis plusieurs mois, puisque c'étaient eux qui lui avaient appris le terrible verdict de son cancer généralisé.

La nouvelle m'a anéanti complètement. Je suis entré dans une terrible colère, impossible à contrôler. Comment avait-elle pu me cacher un secret d'une telle importance ? Elle devait avoir ses raisons, me disais-je. Les autres ont fondu en larmes. C'était la consternation. Personne n'avait vu venir le coup.

Je revivais la peine que j'avais ressentie quand Sylvain était mort. On aurait dit que je pleurais tous ceux qui avaient disparu de ma vie. Tous les deuils non résolus que j'avais eus à vivre au cours de ma jeune existence me rattrapaient brusquement. Je ne me comprenais plus. Je n'avais pas envie de m'épancher devant mes proches.

J'ai quitté brusquement les lieux en laissant derrière moi une famille brisée. Je me suis rendu là où grand-maman et moi avions planté le lilas. Je me suis écroulé comme un château de cartes. Mes jambes ne me portaient plus ; le chagrin me consumait. Je n'avais plus envie de me battre. Je venais de déposer les armes. Je craignais ce qui allait suivre. Je suis resté face contre terre jusqu'au moment où j'ai trouvé le courage de m'agenouiller en laissant échapper un cri guttural qui résonna au loin.

J'ai empoigné la terre de toutes mes forces. J'ai tenté désespérément de déterrer les racines de l'arbre que nous avions planté ensemble, le jour de mon arrivée chez eux, sept ans plus tôt. Ça ne valait plus la peine qu'il grandisse, j'allais mourir avec elle. Épuisé, je suis resté là, sous la pluie battante, seul avec ma douleur, jusqu'à la tombée de la nuit.

Quelques heures plus tard, je me suis réfugié dans la prière après avoir maudit tous les saints que je connaissais. Je me suis radouci, allant même jusqu'à les appeler par leur prénom pour ensuite leur quémander un peu d'aide. J'ai tendu les mains vers le ciel pommelé, et j'ai attendu qu'un miracle se produise.

L'ESSENTIEL

L'hôpital a été la dernière maison de grand-maman. Le décompte était amorcé. Sa mort était imminente. Elle et moi, nous en parlions librement, sans ambages. Elle l'abordait avec sagesse et philosophie. J'ai découvert la sérénité, la tranquillité, la paix en elle. Même si l'expérience m'était totalement nouvelle et déstabilisante, je me sentais privilégié de la vivre avec elle. La beauté apaisante de sa voix me réconfortait, même si elle s'éteignait tout doucement. Les derniers jours, ce n'était plus que des murmures inaudibles.

Comme nous étions conscients du temps qui filait, nous voulions à tout prix éviter de le gaspiller en débitant des balivernes. Nous nous attardions à l'essentiel. Nos entretiens comportaient de véritables perles que je devais conserver précieusement pour la route que j'aurais à faire sans elle. Elle profitait du temps qui lui restait pour m'enseigner ce qu'elle avait compris de la vie.

Je savais que je devrais moi aussi livrer ma part de secrets dans notre échange. Je ne pouvais pas la laisser partir sans cela.

Un matin, je me rendis à l'hôpital, bien décidé à lui avouer la vérité concernant sa fille Éva ; je ne pouvais plus garder cette information pour moi. L'air grave, je me lançai dans ma confession et d'un souffle lui avouai tout. Je parlais sans même prendre le temps de respirer et lui laisser le temps de réagir à la nouvelle. Je pouvais enfin me libérer de ce secret, devenu trop lourd à porter. Ma grand-mère me regardait d'un air étonné. Quand je me tus enfin, j'attendis patiemment qu'elle me fasse part de ses commentaires ; ils tardaient à venir. Je surveillais de près le mouvement de ses lèvres pour capter le moindre mot. Enfin, sortant de son mutisme, elle me confia qu'elle venait de tout comprendre. Tout s'expliquait. Selon elle, Éva devait avoir honte de ce qu'elle avait fait, et vivre dans le mensonge avait dû lui être trop difficile. Puis, elle m'a demandé de la laisser seule un moment ; elle voulait se reposer. Nous n'avons plus jamais parlé d'Éva.

La mission

Le lendemain, elle m'a fait part en secret de ses dernières volontés. Personne d'autre que moi ne devait en être informé. Elle a aussi écrit des lettres à tous les membres de la famille, puis m'a demandé de ne les remettre à ceux-ci qu'après sa mort. J'étais son mandataire ; je me sentais investi d'une mission importante. Je les ai cachées sous mon matelas jusqu'au jour fatidique.

Chanter

Un certain dimanche, alors que le jour venait à peine de naître, grand-maman a exprimé le souhait de retourner à la maison pour jeter un dernier coup d'œil sur ce qu'elle laisserait derrière elle. Elle savait qu'il lui fallait se délester du trop-plein pour le grand passage. On a mis du temps à l'habiller, car elle était affaiblie par la maladie.

Elle a pris le peu de réserve d'énergie qui lui restait pour se rendre chez elle. Elle avait la démarche incertaine d'un vieillard. Pourtant, elle n'avait que soixante-quatre ans. D'un pas mal assuré, elle a réussi à se rendre, à force de ténacité, jusqu'à la grève, son lieu de prédilection. Nous étions à ses côtés.

Emmitouflée jusqu'aux oreilles dans une couverture de laine aux couleurs fanées que ma mère lui avait faite, elle a contemplé le fleuve, humé l'air salin. Elle y est restée pendant de longues minutes en marmottant des prières. Juste avant de revenir sur ses pas, elle a poussé un soupir de résignation.

Évangéline, Marguerite et ma mère avaient cuisiné toute la matinée ; la maison sentait bon. Grand-maman s'est mise à table, entourée de tout son monde, sauf Éva, qui n'avait pas donné signe de vie depuis la lettre envoyée après son départ de la maison. Grand-maman n'a pas dit un seul mot du repas. Elle s'est contentée d'être là. Parler lui était de plus en plus difficile.

Pour diminuer le malaise qui commençait à s'intensifier, ma mère a mis le disque de Claude Léveillée, usé d'avoir trop joué. Les notes de la mélodie s'égrenèrent lentement, comme pour étirer ce moment de félicité. Ma mère a joint sa voix à celle du poète : « Je me fous du monde entier, Quand Frédéric me rappelle, Les amours de nos vingt ans, Nos chagrins, notre chez-soi… » Tout le monde a entamé le refrain à l'unisson. Ma grand-mère a fermé les yeux pour savourer cet instant.

Au bout d'une trentaine de minutes, tombant d'épuisement, grand-maman a demandé à retourner à l'hôpital. C'était quelques jours avant sa mort.

LE GRAND DÉPART

C'était le 2 octobre 1984, le jour venait à peine de tomber quand grand-maman a rendu son dernier souffle. Je l'avais accompagnée jusque-là. J'étais fier d'avoir franchi cette étape, j'avais surmonté certaines de mes appréhensions. Lorsqu'elle a rendu l'âme paisiblement, tout avait été dit. Rien n'avait été oublié. Elle attendait ce moment avec une grande sagesse. Elle voulait que ce passage se fasse en toute connaissance de cause, même s'il y a un mystère entourant la mort. Elle faisait confiance à ce qui allait suivre, me disait-elle avec certitude.

En quelques jours seulement, elle avait vieilli beaucoup. Son état physique s'était détérioré rapidement. J'ai encore ces images en tête. Elles me troublent toujours. Les dernières heures, sa douleur s'était assoupie, grâce à la morphine qu'elle avait reçue. À cet instant précis, la peur m'avait quitté. Une tristesse profonde m'avait alors envahi, mais je devais tenter de me ressaisir pour continuer à vivre. La mort de grand-maman a eu lieu trois semaines presque jour pour jour après l'annonce de sa maladie mortelle, comme les médecins l'avaient dit.

Quand Éva est entrée à pas de loup dans la chambre, grand-maman venait tout juste de partir. Son corps était encore chaud. Éva avait pris l'habit de religieuse ; cela lui allait bien. C'était la première fois que je la voyais dans son uniforme, ça faisait tout drôle. Elle n'avait pas changé depuis les deux dernières années. Je la trouvais belle. C'était ma mère. Il ne restait plus qu'Évangéline, Marguerite et ma mère adoptive dans la pièce. Personne d'entre nous ne l'avait vue depuis son départ rapide et imprévu, sauf sa grande sœur, ma mère adoptive, en de rares occasions. Éva vivait comme un ermite. Nous avions respecté son choix de vie. Jusqu'à ce jour, Mme Dubreuil et moi n'avions jamais osé discuter du secret nous concernant. J'en étais incapable. Je voulais que ça vienne d'elle. Elle ignorait que je savais, Éva aussi.

Quand j'ai vu Éva s'avancer tout doucement vers le lit, j'ai été pris par surprise. Personne ne m'avait prévenu de son éventuel retour. Je ne m'attendais pas à la voir arriver de sitôt dans nos vies ; j'avais cessé depuis longtemps de l'espérer. Quand elle m'a aperçu au fond de la pièce, ravagé par la tristesse, elle a posé un long regard attendri sur moi. Je l'ai à peine regardée dans les yeux, l'émotion était trop grande. Je savais que cet événement aurait revêtu une importance considérable pour ma grand-mère. Je n'ai pas pu cacher longtemps à la fois mon étonnement et mon contentement de voir apparaître ma vraie mère comme un miracle.

L'instant d'après, elle a incliné la tête, en un mouvement pieux. Elle s'est approchée du corps inerte de grand-maman, lui a caressé longuement les cheveux. Elle lui a susurré quelques mots à l'oreille, mais je n'ai pas pu les entendre. Sa main a effleuré le chapelet que ma grand-mère avait entre les doigts. Ensuite, elle lui a donné un baiser maternel sur le front en versant discrètement quelques larmes. Elle s'est aussitôt agenouillée au pied du lit, pour masquer sa peine. Elle s'est mise à prier avec recueillement, comme elle savait si bien le faire. Pendant tout ce temps, je la regardais d'un œil discret pour ne pas trop l'apeurer, connaissant son côté un peu farouche, semblable au mien.

Éva n'a pas prononcé un seul mot. Après un long silence, elle est partie d'un pas feutré, aussi discrètement qu'à son arrivée, le dos courbé par le poids de la soumission. Elle n'a salué personne sur son passage, elle s'est contentée d'esquisser un sourire béat.

J'avais l'intention de tout lui confesser, mais je voulais attendre le moment opportun pour le faire.

UN ÉTERNEL ADIEU

C'était dimanche, l'été des Indiens avait été officiellement annoncé depuis l'aube, pour quelques jours encore, nous avait-on dit. Il faisait une chaleur inhabituelle pour ce temps de l'année. Ça faisait du bien. Le soleil était éclatant, presque aveuglant. Le vent était tombé, seule la brise soufflait.

Les obsèques se sont faites dans la plus stricte intimité, avec les membres de sa famille et une poignée d'amis intimes, comme grand-maman le souhaitait. Le lieu de son inhumation était au bord de l'eau, avec un horizon à perte de vue. Aux aurores, j'avais discrètement remué la terre, afin de la préparer à accueillir ma grand-mère. J'étais en paix, malgré les circonstances. Quelque chose de plus grand que moi s'occupait de mon bien-être, j'en suis presque convaincu. Tout s'est déroulé selon les volontés de grand-maman.

Après la cérémonie, j'ai distribué les lettres qu'elle m'avait confiées. Les destinataires réagirent avec douleur et étonnement. Chacun s'isola dans son coin pour lire sa missive. Plus personne ne parlait. Certains furent pris de violents malaises. J'en profitai pour me retirer sur la grève, pour me recueillir à l'abri des regards indiscrets. J'avais conservé une partie des cendres de grand-maman. Comme elle le souhaitait, je les ai répandues à tous les vents pour qu'elles tombent dans la mer. Je savais qu'elle était bien, là où elle se trouvait.

Un peu plus tard dans la matinée, quand je suis revenu à la maison de ma grand-mère, Éva avait une fois de plus filé en douce. Était-ce ce qu'elle avait lu qui l'avait fait fuir ? Personne ne l'avait vue partir. Je n'avais pas encore eu l'occasion de lui parler. La culpabilité, accompagnée de remords, a refait surface. Rien de nouveau.

Un jour à la fois

Je franchissais une à une les étapes du processus du deuil de grand-maman. Je n'arrivais pas à entrevoir l'avenir sans elle. La tristesse, la colère et le désarroi m'en empêchaient totalement puisque j'avais perdu celle qui avait été mon phare toutes ces dernières années, passées chez les Dubreuil. C'est avec elle que j'aurais voulu atteindre ma pleine liberté; mais j'ai dû franchir cette étape cruciale sans son soutien.

Aujourd'hui, je crois qu'elle est partie pour me permettre de trouver en moi seul la force d'affronter la vie.

Un jour ou l'autre

Les saisons se sont envolées à une vitesse folle sans que j'aie des nouvelles de ma mère, Éva. Je pensais souvent à elle en me disant qu'un jour ou l'autre, il faudrait bien que l'on se voie pour parler de nous.

Le retour

Juin 1985, un certain soir de pleine lune, l'année de mes dix-sept ans, ma mère adoptive me convoqua dans le boudoir, lieu de prédilection pour les grandes annonces. D'un ton quelque peu officiel, elle m'apprit que Francine souhaitait me rencontrer dans la soirée. Je pus lire dans son regard une certaine inquiétude à l'idée de ces retrouvailles. Abasourdi, j'étais incapable de dire le moindre mot. J'osais à peine y croire. Au fil du temps, j'avais amassé tant de questions. Par quoi allais-je commencer ?

J'étais à peine remis de cette annonce que je me retrouvais devant Francine. Huit années s'étaient écoulées depuis notre dernière rencontre. Dans mon cœur, j'étais nu comme la main. Je me sentais rougir. Elle se tenait dans l'embrasure de la porte du hall d'entrée avec ce regard à faire fondre les banquises. Je l'ai regardée longuement et attentivement, je voulais prendre tout mon temps pour le faire, puisque l'occasion se présentait enfin.

Elle était belle, plus belle encore que dans mon souvenir. Elle m'apparaissait comme un mirage, et je voulais m'assurer que ce que je voyais était bien réel. Chaque seconde était indépendante l'une de l'autre. J'étais si fortement ébranlé par sa présence soudaine, après l'avoir tant espérée silencieusement, que je lui souriais gauchement. Il me fallut une bonne minute pour que je reprenne mes esprits et que je décide de faire un pas en avant, rallumant instantanément ma flamme. D'autant que j'avais désormais l'âge pour vivre ma passion.

Tout excitée, comme une petite fille, Francine m'a pris dans ses bras et serré follement. Je me suis laissé faire, j'y suis resté blotti aussi longtemps que possible. Je ne sais trop combien de temps a duré notre étreinte. Son odeur m'avait manqué, elle n'avait pas changé : ce mélange d'épices contenues dans sa fragrance avait toujours le même effet sur moi. Cette fois-ci, j'étais en âge de savourer ce parfum sans peur des réprimandes. J'avais atteint ce qu'il faut de maturité pour pouvoir apprécier à sa juste valeur toutes les subtilités de la beauté féminine. Il y avait quelque temps déjà que j'avais découvert certains plaisirs liés à la chair. Depuis, je connaissais les effets dévastateurs et parfois embarrassants de ces pulsions qui peuvent même être difficilement contrôlables.

À peine remis de notre première étreinte, je me jetai de nouveau dans ses bras pour l'enlacer longuement. Dans mon élan, j'eus envie de déposer mes lèvres sur les siennes. Je chassai vite cette pensée malvenue, alors que, dans ses yeux, je crus percevoir une lueur de désir que je n'avais jamais décelée auparavant. Avais-je mal vu ?

Le moment des retrouvailles passé, nous nous sommes assis sagement sur le *love seat* pour amorcer une discussion qui allait s'étirer jusqu'à la nuit. Personne n'aurait osé nous interrompre. J'étais si absorbé par ses propos que je buvais chacune de ses paroles comme un assoiffé dans le désert. Nous étions tournés l'un vers l'autre. Son regard était plongé dans le mien. Plus rien n'avait d'importance, à l'exception de nous.

J'étais avide de l'entendre me raconter les années passées sans elle, sans qu'elle en saute le moindre détail. J'avais la vie devant moi.

Alors que Francine tentait de m'expliquer les raisons véritables de son absence lors de mon départ de la demeure des Rivard, je sombrai dans une profonde affliction, la même qui s'était emparée violemment de moi à l'époque. Pendant d'interminables minutes, j'étais redevenu cet enfant blessé que j'étais alors. Et j'étais incapable d'en voir l'issue. C'est après m'être engouffré dans le plus creux du divan afin de cacher mon désarroi que j'ai pris réellement conscience de l'intensité de ma détresse. Pourtant, j'avais toujours prétendu le contraire. Ma réaction la laissa pantoise.

Au bout de quelques minutes d'un certain trouble entre nous, je me ressaisis suffisamment pour me sortir de ce fâcheux état et l'inviter à continuer de parler. Elle reprit son histoire là où elle s'était interrompue. Toutefois, j'appréhendais quelque peu la suite de son récit parce que je pouvais deviner à son air pensif d'autres rebondissements. Elle s'est employée activement à justifier son absence en m'expliquant qu'elle avait préféré fuir la mascarade entourant les adieux, trouvant trop difficile de supporter cette séparation. J'étais à la fois étonné et rassuré de savoir qu'elle tenait à moi à ce point.

J'ai longtemps cru que ce que nous éprouvions l'un pour l'autre n'était que le fruit de mon imagination débordante. Il y avait longtemps que j'attendais ce jour. Attendre me faisait trop mal et rendait ma vie lamentable. J'avais pris soin de bien ranger les souvenirs que j'avais d'elle dans un tiroir de ma mémoire. De temps à autre, je les évoquais, mais bien vite, je les enfermais à double tour jusqu'à la prochaine fois, par peur d'être affligé d'une peine immense si je les ravivais trop souvent.

J'appris aussi par Francine que l'enterrement de Sylvain s'était fait le lendemain de mon départ, en toute intimité au cimetière de Cap-d'Espoir. Seuls les Rivard avaient assisté à la cérémonie. Sur le chemin du retour, ils avaient découvert dans le courrier une lettre du coroner qui renfermait les conclusions de l'autopsie pratiquée sur Sylvain ; des révélations pour le moins troublantes. Sylvain avait une malformation cardiaque de naissance. À tout moment, son cœur pouvait cesser de battre. C'est précisément ce qui s'était passé dans la cuisine ce jour-là et qui avait provoqué sa chute. Il était mort avant d'avoir heurté le sol. Les charges qui pesaient contre les Rivard avaient alors été levées. Mais il était trop tard pour faire marche arrière. La maison sous les arbres avait dû fermer ses portes. Les Rivard étaient complètement dévastés.

Bouleversé, je dus lui demander à maintes reprises d'arrêter, le temps de reprendre mes esprits.

Francine me raconta aussi la nuit où sa famille avait pris la décision de partir en exil aux États-Unis. Malgré le rapport du coroner qui les disculpait, les Rivard avaient dû fuir leur village natal avant l'aube. Personne n'avait voulu se porter acquéreur de leur maison puisque quelqu'un y était mort de façon tragique. Les Rivard avaient barricadé les fenêtres et les portes de leur demeure, et l'avaient abandonnée. Ils n'avaient rien dit de leur départ, ce qui avait attristé plusieurs de leurs amis du village.

J'étais encore estomaqué d'entendre autant de révélations en si peu de temps. Mais je n'étais pas au bout de mes surprises et de mes peines. La nuit était longue et elle apportait son flot de malheurs.

Francine fit alors une pause dans son récit. Son regard devint grave, ses traits se creusèrent. Je sentis que ce qu'elle se préparait à m'apprendre lui coûtait.

Soudain, dans un souffle, elle m'annonça que Paul était mort quelques jours auparavant. Des circonstances étranges entouraient cette tragédie, elle ne pouvait en dire plus.

Terrassé par la douleur, je m'effondrai littéralement au sol. La nouvelle de la mort de Paul me mit en mille morceaux, mais j'étais bien déterminé à rassembler les pièces manquantes du puzzle afin d'y trouver un sens ; je le cherche encore. Je n'avais qu'une envie : aller veiller mon ami jusqu'à l'aube, comme nous le faisions autrefois pour nous aider à nous endormir.

Nous avions partagé les aléas de l'existence dans la maison sous les arbres des Rivard, envers et contre tous, en ne formant qu'un avec Sylvain. Nous nourrissions en secret tant d'espérances. Je croyais que Paul et moi avions remporté la première bataille sur la vie, mais tel n'était pas le cas, et il en restait tant d'autres à venir.

Depuis cette journée fatidique où nous avions été séparés, à l'âge de neuf ans, j'avais longtemps cherché comment je pourrais retrouver Paul. Je l'ai tellement attendu, je n'ose plus compter les jours. J'ai passé maintes et maintes nuits à espérer son retour en vain. Il m'est arrivé de m'enfermer en moi et de me laisser submerger par mon imaginaire. Je me suis inventé les plus belles histoires à son sujet, mais je me suis aussi appliqué à concevoir les plus graves scénarios, envisageant souvent le pire.

Francine me quitta aux petites heures. Nous étions épuisés. Malgré cela, je ne réussis pas à trouver le sommeil.

Dès l'aurore, je consultai ma mère, qui accepta finalement que je parte avec Francine à la recherche d'information sur la mort de Paul.

Un autre chemin

Nous avons parcouru des centaines de kilomètres dans la voiture de Francine pour dénicher des pistes pouvant nous mener à une certaine compréhension de l'histoire de Paul.

Après plusieurs jours de recherches intensives, Francine et moi avons finalement découvert qu'il avait décidé de quitter la vie avant son heure, en prenant une trop grande quantité d'alcool et de drogues fortes. Par la suite, il s'en est allé mourir au pied des marches d'escalier de la demeure de la famille d'accueil qui l'avait hébergé pendant trois ans alors qu'il avait onze ans.

Mort d'overdose. Nous avons compris qu'il avait voulu laisser un message clair sur son désir d'en finir avec la vie. Quand nous avons rencontré sa dernière famille d'accueil, les parents nous ont décrit Paul dans les moindres détails. Ils nous ont confié qu'il parlait sans cesse de nous, de ces jours passés à la maison sous les arbres. Ma gorge était nouée d'émotion. Tous les souvenirs sont devenus palpables. La nostalgie m'empêchait d'envisager le fait que je ne verrais plus jamais mon ami.

Francine et moi avons passé de longues heures à écouter la famille nous parler de lui. Nous voulions tout savoir. Il nous manquait tant de grands bouts de son histoire. Par la suite, Francine et moi avons échangé nos souvenirs pour essayer de comprendre Paul. Ballotté d'une famille d'accueil à une autre, il n'avait jamais pu prendre racine nulle part, ce qui avait rendu son parcours de vie difficile.

La réalité a fini par me rattraper. Les larmes ont commencé à couler sur mes joues. Constatant mon impuissance quant à la décision de notre ami, j'ai dû m'incliner devant son geste irrévocable et essayer d'accepter qu'il ait eu ses raisons d'agir ainsi.

J'ai regardé le ciel en pensant à lui. Alors, je lui ai fait la promesse que nous nous retrouverions quelque part dans un autre temps. Dans le jardin des trépassés, nous veillerons l'un sur l'autre, nous nous raconterons les passages empruntés et les chemins parcourus l'un sans l'autre.

La première fois

Durant les quelques jours que nous avons passés ensemble, Francine et moi, nous dormions dans la même chambre. Jusqu'à cet instant où je lui fis part, avec une certaine bravoure et toute l'insouciance de ma jeunesse, de mes sentiments à son égard, la dernière journée de notre expédition.

Dans le motel où nous nous étions réfugiés, l'intensité du vent faisait battre les volets et grincer la vieille enseigne lumineuse qui indiquait Chez Bob. La chambre lugubre, aussi sombre et silencieuse qu'un tunnel, était sordide. Dans la pénombre, je percevais les formes onduleuses du corps tant de fois rêvé. La lune éclairait juste assez pour que je puisse distinguer l'essentiel des traits fins de son visage. Ses yeux étincelants d'un vert tendre étaient remplis d'une grande compassion. Ses lèvres charnues s'harmonisaient à merveille avec l'ensemble de sa figure. Celui qui s'était mis à la table à dessin pour plancher sur le sujet avait fait merveille. Il devait être fier de sa belle créature. Tout avait été soigneusement taillé pour qu'elle incarne la perfection. Rien n'avait été laissé au hasard.

J'étais dans cet endroit pitoyable entre la route et le fleuve, où le sifflement des voitures qui roulaient à vive allure s'entremêlait aux mugissements coléreux des flots, pendant que mon cœur tentait de se calmer. En fait, j'avais encore peur.

J'avais allumé le poste de radio pour tuer le temps et entendre la parlure des gens du coin, mais l'électricité s'interrompait constamment, ce qui ajoutait un brin de suspense à l'atmosphère déjà tendue.

Il se faisait tard. La journée avait été éprouvante. Nous venions à peine de nous arrêter après avoir parcouru des centaines de kilomètres, ce qui nous avait exténués. L'orage nous avait bien douchés. Trempés jusqu'aux os, nous nous sommes dévêtus innocemment. Nous avons été pris d'un fou rire nerveux. Le rouge a teinté nos visages, trahissant le léger malaise que nous ressentions.

C'était la première fois que nous nous regardions de cette manière. L'envie a envahi tout mon être. Mes doigts me démangeaient de partir à la découverte de chaque parcelle de son corps. À ce moment précis, j'ai cru bon de m'ouvrir à elle. Malgré ma grande timidité, j'ai eu l'audace de lui exprimer les sentiments que je refoulais depuis si longtemps.

Après lui avoir fait cette déclaration, j'ai osé lui avouer que jamais je n'avais fait l'amour. Dès que j'eus terminé cette confession, je me mis à trembler de tout mon corps, en fixant des yeux ce cadre hideux suspendu au mur, et en me demandant par où j'allais fuir.

Dans un éclair de lucidité, je venais de prendre conscience de l'ampleur de ma requête, et je songeai que j'aurais peut-être dû la garder secrète. À mon plus grand étonnement, cependant, Francine voulut bien m'initier aux plaisirs de la chair. Une réponse qui m'ébahit et me grisa aussitôt. Mais une angoisse soudaine me gagna. Au plus profond de moi-même, je savais que je ne pouvais plus revenir en arrière ; c'était dit, je devais l'assumer.

Sa longue tignasse, que le mauvais temps avait ébouriffée, ajoutait au romantisme de la scène. Ses yeux doux braqués sur moi me firent perdre toute ma contenance, du moins le peu de confiance que j'avais réussi à conserver.

Le désir s'est emparé violemment de ma tendre jeunesse pour me catapulter dans le monde des plus vieux. Mon regard s'est intensifié ainsi que certaines de mes pulsions. Je n'avais jamais vu Francine ainsi. Il faut dire que je ne m'étais jamais vu ainsi non plus. Les instants qui suivirent se déroulèrent presque au ralenti, comme pour mieux me les faire apprécier.

Elle s'est avancée vers moi. Elle m'a déshabillé d'un regard invitant, attitude que je ne lui connaissais pas. Elle a pris délicatement mes mains tremblantes et inexpérimentées pour les déposer quelque part sur son corps. J'étais trop énervé pour pouvoir maintenant me souvenir où exactement. Je ne savais pas trop quoi faire, je me sentais d'une terrible maladresse.

Elle m'a susurré à l'oreille des paroles sensuelles et osées qu'habituellement les adultes s'échangent entre eux. À ces mots, mon visage s'est éclairé. J'avais un jugement faussé sur tout ce qu'elle pouvait me dire, l'amour que je lui portais m'aveuglait.

Nos lèvres se sont unies avec fougue. Nos mouvements se faisaient dans une parfaite harmonie, comme si nous avions toujours agi ainsi ensemble. C'était absolument délicieux. En aucun cas je n'aurais voulu interrompre ce moment. Ce n'était que le prélude à une nuit d'initiation qui serait riche en émotions de toutes sortes. Je me suis abandonné à elle malgré mes nombreuses craintes de la décevoir.

À demi nue devant moi, Francine m'accordait enfin sa permission pour que je la prenne sans retenue. Nous avions la nuit devant nous, mais mon inexpérience allait-elle jouer contre moi ? Malhabile et manquant d'assurance, j'avais peur de me couvrir de ridicule dans cette nouvelle situation tant rêvée. Chaque seconde pourtant comptait, ce que je savais malgré mon jeune âge.

D'un geste rapide, j'ai fermé les rideaux, en prenant un soin méticuleux de ne laisser aucun interstice. Seules de faibles veilleuses éclairaient nos corps. Je voulais ainsi camoufler ma gêne, et surtout éviter de voir trop longtemps la laideur des meubles et du papier peint fleuri qui nous entouraient. L'odeur insoutenable de la vieille moquette piétinée mille et une fois, usée à la corde, se rendait jusqu'à nous.

Les draps rugueux comme du papier de verre et amincis d'avoir trop été lavés m'irritaient littéralement la peau. Mes mains maladroites se glissèrent ensuite sous son chemisier entrouvert pour découvrir ses petits seins fermes. Sa peau satinée était délectable. Chaque geste de ma part me rappelait mon inexpérience désarmante. L'instant ultime approchait. Elle me montrait délicatement le chemin à parcourir pour atteindre les sommets du plaisir. Chaque fois que j'accélérais mes mouvements, elle déposait sa main sur la mienne pour m'indiquer la juste cadence. Souvent, j'ai dû calmer mes ardeurs et me laisser guider par elle. Combien de fois ai-je cru ne pas pouvoir tenir ? Cette nuit-là, Francine m'a enseigné la patience et la retenue.

Nos échanges amoureux se sont intensifiés, la nouveauté m'excitait. Mes goûts en la matière se sont alors définis sans même que je m'en rende compte. Tous mes sens étaient éveillés. Je les découvrais un à un pour la première fois. Ils m'avaient toujours habité et je ne le savais pas. Tout était plus fort que moi. Ça rendait l'expérience plus captivante et envoûtante. L'exaltation me gagnait et allait me rendre complètement déraisonnable. J'adorais désobéir en prenant toutes les libertés.

À un certain moment, elle m'a fixé droit dans les yeux pour que nos corps s'harmonisent parfaitement. C'est à cet instant que je suis devenu un homme, un vrai, pour toujours et à jamais.

Nous avons fait durer les plaisirs jusqu'à l'aube, sachant que l'émoi que nous connaissions aurait une fin. Le soleil filtrait à travers la fenêtre étroite habillée de rideaux d'un bleu douteux. Nous nous sommes finalement endormis, tendrement enlacés.

Quand je me suis réveillé, je l'ai cherchée du regard. Elle m'avait fui, en ne laissant qu'une simple note : « Maintenant, tu peux faire ta vie. Ne me cherche pas. Francine. » Je fus alors habité par des sentiments étranges et contradictoires. Je me sentais mal d'avoir eu le courage et la témérité de franchir ce pas avec Francine et, en même temps, j'étais encore envoûté par cette douce nuit passée avec elle. Son départ prématuré me laissa désemparé.

Je ne saurai jamais si elle a regretté ce que nous avions osé faire et si c'est la culpabilité qui l'avait fait fuir. Elle a disparu, en ne laissant aucune trace. Elle était réapparue dans ma vie comme un ange pour m'enseigner les rudiments de l'amour. Elle était ma première fois. Mon corps l'attendait encore. J'étais resté sur ma faim.

Aimer

Jusqu'à mes dix-huit ans, j'ai voulu conserver chacune des secondes vécues avec Francine, comme de précieux moments. Pendant des jours, j'ai gardé son odeur sur moi. C'était la première fois que j'aimais autant. J'étais follement amoureux d'elle. Je me suis fait la promesse de la retrouver un jour.

Renaître

Depuis la journée de mes neuf ans, où la mort de Sylvain était venue assombrir les réjouissances, je n'avais plus jamais accepté qu'il y ait une fête pour célébrer mon anniversaire. J'ai longtemps cru que j'avais une influence néfaste sur les autres. Je n'avais pas réussi à souffler les bougies à temps, et je devais en payer les conséquences.

Au fil des ans, cette croyance s'était peu à peu dissipée pour laisser place à l'espoir. J'en étais venu à considérer que le châtiment avait assez duré, qu'il finirait bien par expirer un jour.

En ce jour de mes dix-huit ans, après avoir flotté dans l'indécision, j'ai enfin donné le signal d'allumer les bougies.

À cet instant précis, ma mère a fait entrer tante Éva dans la pièce. L'étonnement de chacun était à son comble. Elle avait délaissé son habit de religieuse. Elle était rayonnante de bonheur. Elle m'a souri tout en avançant vers moi d'un pas quelque peu hésitant. Elle m'a tendu les mains, puis m'a attiré vers elle. Nous nous sommes enlacés. Les mots étaient inutiles. Je suis resté blotti dans ses bras, comme un enfant. J'étais fou de joie. J'avais retrouvé ma mère. Elle s'est tournée vers les autres pour leur faire la grande annonce. Éva venait de s'affranchir une fois pour toutes.

Ils sont tous restés bouche bée, en particulier ma sœur Marie-Ange, que la nouvelle semblait avoir perturbée davantage que les autres. J'ai évité de trop m'attarder sur sa réaction, pour ne pas gâcher ce grand moment de bonheur.

J'ai repris là où je m'étais arrêté, reportant mon attention sur le gâteau. Pour m'assurer que mon souhait se réalise vraiment, j'ai rigoureusement suivi toutes les étapes du rituel sous le regard étonné des convives, dont les yeux étaient braqués sur mes moindres gestes.

On fait des vœux parce qu'on a besoin d'aide ou parce qu'on a peur. On sait qu'on en demande sans doute trop, mais on en fait tout de même parce que parfois ils se réalisent.

Alors, j'ai formulé mon souhait en secret : je voulais revoir les femmes que j'avais aimées au cours de mon existence, Francine, Mme Bilodeau et Mme Rivard. Une idée fixe qui m'obsédait depuis plusieurs mois, allant même jusqu'à m'empêcher de trouver le sommeil. J'éprouvais le besoin viscéral de partir à leur recherche. Elles avaient joué un rôle prépondérant dans mon parcours, chacune à sa façon ; elles m'avaient sauvé. Je voulais leur exprimer toute ma gratitude.

Étonnamment, j'ai eu une pensée remplie de tendresse pour Mme Surprenant. Maintenant qu'elle était veuve, avait-elle repris possession de sa vie ? J'avais envie de savoir.

J'ai inspiré profondément, puis j'ai longuement retenu mon souffle, comme si le sort de la planète entière en dépendait. Pour finir, j'ai soufflé de toutes mes forces les dix-huit bougies qui ornaient le succulent gâteau triple chocolat, confectionné avec tant d'amour et de patience par Mme Dubreuil. C'était une véritable pièce montée.

Je n'en croyais pas mes yeux. J'avais tout bonnement réussi à faire mon souhait à temps. Et si le mauvais sort était conjuré à jamais ? C'était assurément ma deuxième chance, j'allais la saisir pour que jamais elle ne me quitte.

AVANT DE PARTIR

Il ne me restait plus que quelques heures à passer avec les Dubreuil ; j'avais fait mon temps. J'étais désormais libre d'aller où bon me semblait.

Tous les événements de cette dernière journée avaient semé un grand désordre dans mes émotions. J'étais triste de voir venir la fin de ma vie d'enfant avec la famille Dubreuil, mais je ressentais aussi un bonheur immense à l'idée d'être libéré de ma captivité, mêlé à une certaine appréhension d'échouer dans mon projet d'émancipation.

Un obstacle pouvait encore m'empêcher de réussir. Je constatais que la peur se plaisait toujours à faire son œuvre en tissant bien serrée sa toile pour que je ne puisse m'échapper. Mais pour une fois, j'avais la ferme intention de lui faire face et de la vaincre. Mon besoin de voler de mes propres ailes pour atteindre cette pleine liberté était plus fort que tout. Maintenant que je connaissais un peu plus mon histoire, je voulais aussi partir en solitaire dans une quête pour redonner un sens à ma vie.

Ce jour-là, les Dubreuil ne réussirent pas totalement à dissimuler leurs sentiments à mon égard ; ils étaient vivement touchés par mon départ prochain. Je pouvais lire dans leur regard beaucoup de chagrin et une vive inquiétude sur la suite de ma vie sans eux. J'ai réalisé qu'avec eux j'avais dû feindre l'étonnement, l'innocence, la joie, la tristesse, l'indifférence, l'enthousiasme. Malgré les nombreuses manifestations de leur volonté d'être mes parents véritables, je n'étais jamais parvenu à leur donner la chance de l'être, de laisser naître réellement entre nous un rapport familial. Une réalité contre laquelle il m'était devenu impossible de lutter. Aujourd'hui, je crois que c'était tout simplement une mesure de protection pour m'éviter une plus grande intimité, celle qui fait si mal quand elle prend fin.

QUITTER MON ÎLE

Quand je vis poindre ce beau jour de liberté, je ne savais trop ce que j'en ferais, ni où j'irais. J'y étais enfin parvenu, non sans peine, mais l'espoir m'avait fait tenir jusque-là. Je n'avais nulle part où aller ; une idée approximative d'un itinéraire idéal, sans plus.

J'ai contemplé le ciel ; j'ai encore une fois supplié Dieu d'entendre mes doléances. Je me suis mis à pleurer l'absence des gens que j'avais aimés. J'ai attendu de longues heures pour connaître la félicité tant espérée pour mes dix-huit ans. Elle n'est jamais venue. J'étais tout désappointé. Alors je me suis rappelé soudainement une conversation que j'avais eue avec ma grand-mère. Elle m'avait dit, en remuant la terre, que c'est d'abord dans son cœur qu'il faut se sentir libre ; ailleurs, ce n'est qu'illusion ou aspiration. J'ai pensé à elle très fort, les traits de son visage me sont revenus en mémoire, intacts. Cela m'a redonné du courage, de la force d'âme, de l'énergie pour faire la route.

Un jour, je savais que j'allais sûrement revenir vers ma mère, reprendre le temps perdu. Mais avant, j'allais devoir tracer mon chemin par moi-même et jeter les balises là où il faut.

Ce matin-là, j'ai quitté mon île.

ET APRÈS ?

Trop souvent, je me suis convaincu que les épreuves que j'ai vécues n'étaient pas si graves qu'elles en avaient l'air, et pourtant, elles avaient assurément existé et elles m'avaient poursuivi. Elles avaient aussi forgé ma personnalité, avec ses failles et ses forces. J'étais outillé pour faire face aux revers de la vie.

À force de vivre dans l'adversité, j'avais érigé un mur. J'ai dû grandir dans ma forteresse, afin de réussir à affronter le monde. Quelquefois, j'étais obligé de rester à l'intérieur. Généralement, ce mur m'a empêché d'être en contact avec le mal, celui qu'on me faisait subir. J'ai eu de la difficulté à m'en extirper. Il m'a fallu combattre mes démons intérieurs, qui se manifestaient par des peurs diverses et variées. Graduellement, j'ai commencé à apprivoiser le monde extérieur.

Un jour, au moment où je ne m'y attendais pas, les briques que j'avais soigneusement posées une à une avec acharnement se sont mises à s'effriter. L'édifice a commencé à s'écrouler. Et là, mon mur a volé en éclats. J'étais nu comme un ver. J'ai dû sortir de ma tanière. Je suis allé à ma rencontre, sans savoir qui j'allais visiter et qui j'allais découvrir. C'étaient les balbutiements de ma propre quête. J'ai alors assisté à ma deuxième naissance. *Dans mes yeux à moi*, la vie apparaissait sous un jour nouveau.

J'en suis venu à la conclusion que peu importent les plans que nous faisons, la vie se charge de nous rappeler qu'on peut peu de chose contre le destin. La vie possède tous les droits : le droit de regard, le droit de réserve et le droit de veto, entre autres choses. Quelqu'un quelque part lui a conféré tous les pouvoirs. Qui dicte les conditions de notre existence sans admettre que nous puissions les remettre en question ? De qui s'agit-il ? Répondez-moi. J'aimerais tant le connaître pour mieux comprendre ce qu'il attend de nous.

Cependant, libre à nous de nous poser en justicier pour faire valoir nos droits. Mais en réalité de quels droits disposons-nous ? Le seul que je connaisse suffisamment et que j'applique au besoin est celui de la résilience : se relever après l'adversité. Ce qui exige de nous courage et ténacité.

À me poser autant de questions, comme je l'ai fait trop souvent en silence, j'ai fini par déchiffrer en partie certaines énigmes de la vie. Par le fait même, j'ai trouvé ainsi un véritable sens au parcours que j'ai emprunté jusqu'à ce jour, et aussi à celui qui s'offre maintenant à moi.

J'ai compris que parfois, arrivés à destination, il faut simplement changer de gare, prendre un autre train et observer l'horizon. Faire confiance à la vie, accepter les arrêts obligatoires et espérer le meilleur. Il faut savoir apprécier ce que la vie nous offre, apprendre à vivre en n'attendant rien d'elle, c'est presque un devoir.

Comme me l'a dit grand-maman quelques jours avant sa mort, « nous avons tous une part sombre en nous, tout comme nous possédons un côté lumineux. Faire face à cette part d'ombre, c'est aussi tenter de la maîtriser ».

Remerciements

Véronique, tu m'as offert tout ce qu'il faut d'amour, de tendresse et de joies pour tenir bon et faire la route jusqu'au bout. Je te serai éternellement reconnaissant.

Antoine, à chaque pas que tu fais, tu grandis un peu plus. Bientôt, tu seras un géant. Mon fils, je suis fier de toi.

Yasmeena, chaque matin que la vie nous offre, ta bonne humeur se répand partout dans la maison. Ma fille, avec tes cœurs et tes «Je t'aime», tu ensoleilles ma vie.

Merci, mes amours, je vous aime.

Merci à toi, André Bastien, mon éditeur, d'avoir mis à ma disposition tout ce qu'il fallait pour que j'arrive sain et sauf à la fin de cette aventure. Merci, mon ami, d'avoir défriché le chemin juste avant que j'y mette le pied. Ce livre est le nôtre.

Merci à toi, Johanne Guay, de m'avoir encouragé à raconter l'histoire d'Olivier plutôt qu'une autre. Merci pour ta confiance.

Merci à ma famille adoptive; vous m'avez donné l'essentiel et l'indispensable.

Merci à toi, Line, ma sœur, pour ton exemple de courage, de ténacité et de loyauté. Merci à toi, mon frère, Romain, mon héros d'enfance. Merci à toi, Marlène, ma grande sœur, de m'avoir guidé certains soirs de déroute. Merci à mes tantes chéries, Clémence, Evelyne, Viviane et Graziella, d'avoir mis des « bulles de champagne » dans ma vie.

Merci à Louisette d'avoir manifesté un jour le souhait de me retrouver. Tu m'as aidé à recoller les morceaux de ma vie.

Merci à toi, Suzanne, ma muse, de m'avoir dit lors de nos retrouvailles, trente-cinq ans après notre séparation, que je t'avais manqué tout ce temps.

Merci à la famille Dulac de m'avoir donné l'impression que j'étais l'un des vôtres.

Merci à mes précieux amis pour votre soutien indéfectible dans les moments de doute et d'incertitude. Vous êtes ma lumière.

Merci à vous, Janick Valiquette, Suzanne Lavigne et Shantal Bourdelais, belles demoiselles, de m'avoir presque obligé à ne jamais abandonner.

Merci à toi, Pierrette Richer, de m'avoir donné l'exemple de la résilience. Merci à ton Jean, qui m'a accompagné plus d'une fois.

Merci à mes amis disparus, Michelle, Gilbert et Cécile, pour l'inspiration.

Merci à tous les endeuillés qui avez partagé des bouts de votre intimité avec moi, vous m'avez aidé à mieux comprendre la vie et à démystifier la mort.

Merci à Jocelyna Dubuc de m'avoir attribué la « bonne » chambre au Spa Eastman le jour où j'y suis arrivé, en panne d'inspiration.

Merci à tous ces personnages qui ont croisé mon chemin un jour, lors de mes flâneries dans les centres commerciaux quand j'étais jeune. Vous avez nourri mon imaginaire.

Merci à toi, ma belle Marie Laberge, de m'avoir encouragé à aller au bout de cette histoire à un moment où tout allait basculer.

Merci, Adam Lamoureux, d'avoir été Olivier sur la couverture de ce livre.

Merci à vous, lecteurs et lectrices, de m'avoir donné le privilège d'entrer dans vos vies.

Maintenant, alors que nous sommes encore vivants, allons célébrer la vie.

Et toi, Panama, mon père biologique,
j'espère que de là-haut,
tu es fier de ton fils ici-bas.